MASAHI FUJITA
THE ORANGE TOWN STORIES

サムシングオレンジ

2

SOMETHING ORANGE
COMPLETE EDITION
恋する 2021

藤田雅史

SOMETHING ORANGE 2

THE ORANGE TOWN STORIES
SOMETHING ORANGE
COMPLETE EDITION 2：恋する 2021

サンセットカラー

2021

SUNSET COLOR

Preseason

優羽が住んでいるアパートは海の近くの高台に建っていて、二階の部屋のベランダから町の景色がけっこういい眺めで見渡せる。

住宅の屋根、マンションや低層ビル、鉄塔、ゴルフ練習場の緑色のネット——そのむこうに、子どもが跳ねて遊ぶふわふわドームのような、あるいは巨大な恐竜の卵の一部のような、妙に存在感のある白いものが見える。

それがスポーツの試合や大きなイベントで使われるスタジアムだということを優羽は知っている。近くに消防署や病院や野球場があることも知っているし、何度か友達の車でそばの道を通り、その巨大なコンクリートの外壁を見上げたこともある。でもまだ、その内側に足を踏み入れたことはない。

*

「あれ、もしかしてビッグスワンじゃないか」

優羽がはじめてそれを目にしたのは、父の運転する車の窓からだった。

ちょうど一年前の春、車は田んぼの真ん中の高速道路を走っていた。前方には灰色の町の景色が、平たく薄ぼんやりと浮かんでいた。

「え、何それ」

「ほら、あの白いやつ」

優羽は生まれ育った福島の山間の小さな町から、進学のために新潟にやってきた。ひとり暮らしに必要な荷物をすべて父の車のトランクと後部座席に押しこんで、リュックひとつを膝に抱えて。

「ワールドカップが日本と韓国であっただろ。知ってるか?」

「知ってる。サッカーのでしょ?」

「そのために造られたスタジアムだよ。サッカー専用ではないけどな。あそこで日本代表が何度か試合したこともあるんだぜ」

「ふーん」

「そうか、新潟にはビッグスワンがあったなあ」

サッカーが好きな父は胸を躍らせ、感慨深そうに言った。

でも優羽にとってはサッカーのスタジアムなんてはっきり言ってどうでもよかった。それよりも、今まさに世界中で猛威を振るっている新型コロナウイルスのことや、これからの自分の新しい生活のほうが心配だった。

入学式があるのかないのか。四月からの大学の授業はいったいどうなるのか。ひとり暮らしをちゃんとはじめられるのか――今日のうちに電気もガスも水道も使えるようになるのか――さらに言えば、福島の実家に残した父と弟の今後の暮らしも心配だった。

「てかお父さん、明日からご飯とか大丈夫？ 外食とかスーパーの惣菜ばっかりだと身体に悪いから、ちゃんと週に何度かは家で作りなよ。そう思ってレシピの本みんな置いてきたんだから」

「おう、心配すんな」

「陽太にも言っておいたけど、土のついたソックスとかシャツとかは他の洗濯物と一緒に洗っちゃダメだからね」

「わかってるよ」

「あと掃除機の紙パックは定期的に換えるんだよ」

中学生のときに両親が離婚して母が家を出て行ってからというもの、家事と炊事はこれまでほとんど優羽がひとりで担当してきた。

ひとつ下の弟は部活をやっていて帰宅が遅く、父も残業でそれ以上に帰りが遅い。自分がいなくなると家の中はあっというまに荒廃するに決まっている。彼らは何曜日が何ゴミの日かも知らないレベルなのだ。

「それからストーブは朝、家を出るとき絶対消し忘れないこと」

「大丈夫だって。心配するなっつってんだろ」

「やっぱ心配だよ」

それでもまあ、近所には面倒見のいい親戚の叔母さんもいるし、最近ようやく味噌汁の作り方をおぼえたらしい弟が「姉ちゃん、あとのことは俺に任せろよ」なんて言っていたし、もうすべて目をつむって大丈夫ということにしておこう。

不安でしかたなかったが、田んぼだらけの真っ平らな景色を眺めながら、そのとき優羽はそう思うことにした。

そもそも第一志望で東京の大学を受験すると決めた時点で（結局すべり止めに

受けた新潟の大学に落ち着いたのだけれど）、自分が家を出たあとの家族のことは何も考えないようにしようと優羽は決めていた。心配し出すときりがない。実家から通える近場の大学を探す選択肢もあることにはあったのだが、高校二年の夏、進路について相談したとき父は言ったのだ。

「俺たちのことなんて心配しなくていいよ。お前、やりたいことがあるんだろ。だったらお前はお前の決めたとおりに好きにやれよ」

理解のある父親でよかった、と思うと同時に、そのとき優羽は少しさびしい気持ちもした。その父の寛容さが母を自由にし過ぎたのではないか。人を束縛する力のなさが、人を突き放す言葉が、母をさびしくさせたのではないかと。

引っ越しの作業は、新潟に来たその日のうちに父と優羽のふたりですべて済ませた。ダンボールを部屋に運びこみ、スチールラックやカラーボックスを組み立てて、電気会社や水道会社に連絡をし、インテリア用品の大型店で食器や調理道具など生活に最低限必要なものを買い足した。

あらかた部屋が片付いたとき、「せっかく新潟に来たんだから、うまい寿司でも食いてえな」と父が言い出し、ふたりで寿司屋に行くことになった。

といってもまだ夕食には早い時間帯で、ショッピングセンターの中の回転寿司店しか開いていなかった。それほどうまい寿司ではなかったが、それでも父はうまいうまいと言いながらひとりで二十皿近く食べた。

「やっぱ海のある町は食いもんがいいな。ネタが新鮮だ」

私に言い聞かせるみたいに、父は言った。

店を出たのは夕暮れどきだった。ドラッグストアに寄って洗剤やトイレットペーパーなどを買い、ナビの指示で海岸沿いの道に出ると、ちょうど夕日が海に沈むところだった。西の空全体が鮮やかな茜色に染まっていた。

その光景を見て、優羽も父も息をのんだ。

それまでふたりにとって、太陽というのはただ山のむこうから上って、いつのまにか山の彼方に消えていくだけのものだった。

「夕日ってこんなに綺麗なものだったんだね」

それはちょっと感動的ですらあった。

「海のある町は、空が広いんだな」

「もしかしてあれが佐渡?」

「だろうな」

新しい暮らしの記念にこの夕日を記録しておこう。そう思って優羽がスマホのレンズを向けたとき、父がハンドルを握りながら、あ、そうか、と頷いた。

「なるほどな、そういうことか」

「何？」

「これがアルビの色なんだな」

「アルビ？」

「お前知らないのか、アルビレックス新潟」

「聞いたことはある」

「チームカラーがオレンジなんだよ。ユニフォームも。そうか、あのアルビのオレンジは、この夕日の色なんだな。きっとそうだよな？」

優羽は興味がないので何も答えなかった。ただ、父のその言葉だけは、なぜかそれからずっと胸の中に残った。

*

新型コロナの騒動が少し落ち着き、大学の授業がはじまったのは、六月を過ぎてからだった。

その頃から、父は週末になると、ときどき福島の実家から車を走らせて新潟にやってきては、優羽の部屋にひと晩泊まっていくようになった。

「お前に会いに来たんじゃなくて、アルビを見に来たんだよ」

生まれも育ちも福島のくせに、わざわざアルビを応援しに来るだなんて。福島にだってJリーグのチームはあるのに。もともとスポーツは野球よりもサッカーのほうが好きな人ではあったけれど、父のその行動はあまりにも不自然で、それが娘のひとり暮らしの様子を見に来るための口実なのは明らかだった。

「いつからファンになったの」

「いや、アルビのことは実は前から気になってたんだよ。高速ぶっ飛ばせば家から二時間ちょっとだろう。お前の部屋もあるし、ちょうどいいと思ってさ。よかったらお前も一緒にどうだ?」

「私はパス」

夏休みには、大学受験でそれどころではないはずの弟を無理矢理誘って連れて来ることもあり、三人で寝ると部屋が狭くて男臭くて、優羽としては本当に迷惑以外のなにものでもなかった。

「てかさ、今度から日帰りにしてくれない？　それか駅の近くにビジネスホテルとかいっぱいあるから、そこ泊まってよ」

「まあいいじゃねえか。家賃出してやってんだから月に一度や二度泊めてくれたって。せっかく来るんだからお前の顔も見たいし。晩飯、好きなもんおごってやるからさ」

父が最後に優羽の部屋に来たのは、去年の秋の終わり、部屋の窓から見下ろせる道の街路樹の葉がすっかり散って、いよいよ冬を迎えようという頃だった。

「いやあダメだ。Ｊ１にいたときはもっとしぶといイメージのチームだったんだけどな。主力が何人も怪我で抜けるし、あれじゃしょうがねえや」

オレンジのユニフォームをトレーナーの上に重ね着して、着替えの詰まったリュックを背中にかついだ父は、そんなことをぶつぶつ呟きながら、勝手知ったる、という感じでノックもせずにいきなり優羽の部屋に上がりこんできた。いつのまに作ったのか合鍵まで持っている。

「ちょっと、お父さんそれはないよ。親しき仲にも礼儀ありだよ」

優羽が注意をすると、父は急にしゅんとして、わかったよ、いいよ、シーズンが終わったから今年はもう来ないよ、と子どもみたいにふてくされてから、少し緊張した声で言った。

「あのな、優羽、今日はちょっと話あるんだ」

「何? あらたまって」

「いや、この部屋に来るたびに話そうと思ってたんだけどな」

「だから何?」

「俺な、再婚しようかと思うんだ」

両親が離婚をしてから、もう五年が経っていた。弟によると、父に恋人ができたのは優羽が家を出ていってすぐのことだったらしい。

「まあ、結局はさびしかったんだろうな、父さんも」

「そうなの？」

「姉ちゃんがいなくなってさ」

「え、私のせい？」

「別に姉ちゃんを責めてるわけじゃないよ」

「そう聞こえたんだけど」

「しょうがないだろ、って話だよ」

部屋で父から切り出されたとき、すでに弟が東京の大学への推薦入学を決めていたこともあって、その話は優羽が知らないうちにかなり具体的なところまで進められていた。

「陽太が家を出れば、いよいよあの家は俺ひとりだろ。お前たちはいつ帰ってくるかわからないし、そもそも帰ってくるかどうかもわかんねえし。古い家だしなあ。だからこの際、家も土地もみんな売っ払って、俺はその人と一緒になろうと思ってるんだ」

大切な人なんだ、と父は言った。そしてその人は、同郷の人ではなく、同じ会社の札幌支社の人なのだった。

「え、じゃあ、お父さんは春から北海道で暮らすってこと?」

「そういうことだな」

「その人はそれでいいって言ったの?」

「札幌の隣の北広島市ってところに、彼女が親から相続した家があるんだよ。北海道だから雪は積もるし寒いけど、けっこう立派ないい家なんだよ。そこで暮らさないかって言われてんだ。なあ、お前はどう思う?」

正直な気持ちを教えてくれと真面目な顔で言われて、優羽は言葉に詰まった。そんなの嫌に決まっていた。自分の父親が知らない女の人と暮らすのがまずなんだか気持ち悪い。それに家族が空中分解するみたいなのも嫌だった。

その上、実家がなくなってしまうだなんて。地元に帰るとき、自分はいったいどこに帰ればいいのか。

でも、少し考えてから優羽は言った。

「いいんじゃない。私も陽太ももうすぐ二十歳になるわけだし、子どものことなんて心配しなくていいよ。それに、お父さんはその人と暮らしたいんでしょ。だったらお父さんの好きなように、お父さんの決めたとおりにしなよ」

言いながら、優羽ははじめて気づいた。好きにしていい、という言葉は、人を突き放すだけの言葉ではないのだと。

正月に、優羽は福島の実家に帰り、父の恋人とはじめて会った。

客間で弟と並んで正座して、同じように恋人の隣ですました顔で正座をする父と正面から向き合うと、父が父なのに父ではない別の誰かに見えた。それはそれはシュールな光景だった。

相手の人は父より五つ年下で、十年前に前の旦那さんを亡くしていた。丸顔で人懐っこい笑い方をする、人あたりのよさそうなタイプで、話をした印象では悪い人ではなさそうだった。父が年に何度か札幌支社に出張するたび、取引先との打ち合わせに同行してくれたのが彼女で、自然と仲良くなったという。

ふたりともいつでも北海道に遊びに来てね、とその人は言ってくれた。優羽も弟も、そうですね、コロナ禍が落ち着いたらぜひ行かせてください、と笑顔で返した。でもやはり、優羽はその人に父を奪われてしまったような気持ちを拭うことができなかった。

その後、弟が東京へ引っ越すのと同時に父の引っ越しの準備もはじまり、実家は早々に売りに出された。家族で長年暮らしたその家は、ただでさえ古い上に東日本大震災のときに外壁と基礎の部分に亀裂が入ったまま放置したせいで劣化が激しく、なかなか買い手がつかないため、とりあえず不動産屋が買い取り、取り壊して更地にすることになった。

疎遠になるつもりはないのに、優羽は正月の顔合わせのあとから、なんだか父に連絡しづらくなってしまった。以前であれば、

《来週の日曜、アルビ見に行くからまたよろしく》

と父からメールが来れば、

《えー、また? もっと早く言ってよ》

《仕事の予定がぽっかり空いたんだ。夕飯、うまいもんご馳走してやるから。店選んどけよ。ちょっと高くてもいいから》

《レポートの〆切前だから、悪いけど相手できない》

なんて普通にやりとりをしていたのに、サッカーがシーズンオフということもあって父からのメールはめったに来なくなったし、優羽のほうも話のきっかけに

なるような話題を見つけられなくなってしまった。

北海道行きの準備は進んでる? あっちはまだ雪積もってるのかな? こっちは思ったほど積もらなかったよ。新潟ってもっと降るのかと思ってたけど、市内はたいしたことないみたい。お父さん、北海道に行ったら、カニとかウニとか、じゃんじゃん送ってよ。そういえばテレビで見たけど、北広島市って新しい野球場ができるところなんだね——頭の中ではたくさん言葉が浮かぶのに、それを文字にすることができなかった。


そんなこんなで実家が慌ただしいとき、優羽の生活にも、ひとつ大きな変化が訪れた。恋人ができたのだ。大学のひとつ上の先輩で、地元が新潟の人。優羽にとっては人生ではじめての彼氏である。

あるとき、部屋にやってきた彼が、クローゼットの隅に畳んで置いておいたオレンジ色のシャツを見つけて言った。

「あれ? 優羽ちゃんって、アルビ好きなの?」

それは父が最後に部屋に来たとき、

「悪いんだけどこれ、雨に濡れたから洗濯しといてくれよ」

と脱いだまま置いて帰ったものだった。

「ううん、それ、お父さんの」

「へー、お父さんアルビのサポーターなんだ。ん？ あれ？ 優羽ちゃんの実家って新潟じゃないよね。福島だよね？」

「そうだよ。サポーターかどうかはわかんないけど、なんか、私がこっちに来たらお父さんいきなりアルビ応援しはじめて。試合をわざわざ新潟に見に来て、その度にこの部屋に泊まっていくの。もう、うざくてしょうがないんだ」

「はは、優羽ちゃん、愛されてるね」

「いやまあ、どうかな」

そんな話の流れで、彼は言った。

「優羽ちゃん、サッカーの試合見たことないの？ だったらアルビの試合、今度一緒に見に行こうよ。俺、何度か行ったことあるけど、けっこう面白いよ」

「えー、でもあんま興味ないし」

「そういやもうすぐシーズンはじまるじゃん。俺、チケット取っておくからさ、ホームの開幕戦行ってみようよ。お父さんのそれ着て応援したらいいじゃん」

「やだよそんなの」

「だってせっかくあるんだから」

「いやいや、サイズぶかぶかだし。可愛くないし」

「いやいや、ぶかぶかのユニフォーム着てる女の子、めっちゃ可愛いって。優羽ちゃんも着てみ。絶対可愛いから」

恋人に言われるまましかたなく袖を通すと、洗濯洗剤の匂いの奥に、かすかに、懐かしい父の匂いがした。

「うん、可愛い、似合うよ」

姿見の前に立って自分で見ると、とても似合うとは思えなかった——というかこんなどぎついオレンジのシャツが似合う人なんてあまりいないと思う。

でも優羽は彼の言葉をそのまま受け入れてみようという気持ちになった。そのユニフォームの色に、父とふたりで眺めたあの夕日を思い出したのだ。

*

昨夜、優羽は久しぶりに父にメールを送った。
《お父さん、元気？ あのさ、私、来週の土曜、ビッグスワンに友達とアルビの試合を見に行くことになったんだけど、お父さんの置いてったユニフォーム借りていい？ ていうか勝手に借りるよ》
返信はすぐに届いた。
《おう、好きにしろ。アルビのユニフォームはお前にやるよ》
そしてその五分後、父から画像が一枚送られてきた。
優羽の知らない、暖炉のある部屋で撮られたその写真の中央には、笑顔、というか変顔に限りなく近い満面の笑みの父が写っていた。タートルネックのセーターの上に重ね着した赤と黒の太いストライプのシャツを、得意げに両手の指でつまんでいる。
《俺は今、コンサドーレだから》
思わず笑って、優羽は指を動かす。
《あんなにアルビ好きだったくせに。節操ないね 笑》

《郷に入っては郷に従え、だよ》
《じゃあ私も郷に従う》
そして思った。
あ、この話題があれば、これからも父とずっとつながっていられる。
《早くアルビもJ1に上がってこいよ。そしたらビッグスワンで会おう。毎年二回、盆と正月みたいに、俺たちもホーム&アウェイで会えるといいな》
《それって、私にも札幌に来いってこと? いいけど、飛行機代はもちろんお父さんが出してくれるんでしょ?》
そんな返事を打ちこみながら、優羽は、そうだ、そのとき恋人を父に紹介しよう、なんてことを考えた。

彼女の車

2021.2.27

LOVE IN THE PAST

The 1st section of the J. League Division 2
Giravanz Kitakyushu 1-4 Albirex Niigata

小倉駅に向かういつもの通りが、渋滞でなかなか前に進まない。

隣の車線から軽自動車が急に割りこんできたので思わず舌打ちをすると、隣で化粧を直す手を止めて妻が言った。

「なんかやけに混んでるね。今日って何かあったっけ?」

「さあ、わかんないな」

信号が黄色のうちに目の前の交差点を曲がりたかったのだが、前の車が止まったせいで次の信号を待たなければならなくなった。

「時間大丈夫なの?」

「まあ、いちおう余裕見といたけど」

昼過ぎの新幹線でやってくる大事な取引先の重役を、到着時間に合わせて駅まで迎えに行かなければいけない。ホテルのチェックインまでエスコートしてそのまま会社に連れて行くのが担当営業の僕の仕事である。

「私、ここで降りようか?」

出がけに妻が、私も途中まで乗せていってよ、と言ったので一緒に部屋を出た。彼女は週末英会話スクールに通っていて、その教室がマンションから駅までの道の途中にあるのだ。

「ショートカットして裏道使うなら早いほうがいいと思うけど。それだったら私、ここから歩いて行くし」

「いや、いいよ。もう少し近くに行ってから降ろすよ」

社用車をプライベートな用事で使うのは会社から禁じられているのだが、妻も二年前まで同じ職場で働いていたのでそのへんの線引きの緩さはよくわかっている。仕事のついでに妻を習いごとに送るくらいなんてことはない。ただ、大事な取引相手を迎えるのに、妻が使う香水の派手な匂いが車内に残っていてはあまりうまくないだろう。

やはり裏道から行って、彼女にはここで降りてもらおうか、とナビに手を伸ばしかけたとき、歩道を歩くカップルの揃いの黄色いシャツが目に入った。

「あ、今日はサッカーの日なんだね」

先に妻が言う。黄色はギラヴァンツ北九州のチームカラーである。

「それでか」

ギラヴァンツのホームスタジアムは小倉駅から歩いて十分ほどの海のそばに建っているのだが、専用の広い駐車場がなく、車でやってくる観客の多くは近隣や駅前の有料駐車場を利用することになる。そのせいで試合がある日はこのあたりの道路が少し混むことがあるのだ。

「そういえば今日が開幕戦って、新聞に書いてあったな」

言いながら僕は、信号が青に変わってのろのろと進み出した前の車のリアガラスの隅に、サッカークラブのステッカーが貼られていることに気づいた。オレンジとブルーの、中央に白鳥を模したそのエンブレムは、ギラヴァンツのものではない。

あ、アルビ――。

*

ミキとは結局、二年半付き合ったことになる。僕がブラジルにいるときに別れたから、もう十年近く前の話だ。

ミキは新潟の人だった。僕は大学を卒業して今の会社に入社し、東京の本社で働いたあと、三十を過ぎて新潟支社に転勤になった。彼女と知り合ったのは、新潟で暮らしはじめてすぐのことだ。

付き合って三年目の春、急遽、海外支社への異動が決まった僕は、身を固めるのにこれがちょうどいい年齢、タイミングではないかと考えて、一緒に行こうと彼女を誘った。行き先はリオデジャネイロで、赴任は二年の予定だった。

「俺と一緒に地球の裏側で暮らさない?」

そのときの台詞は、今思い出すと少し恥ずかしい。でも僕なりに精一杯のプロポーズのつもりだった。僕が三十五歳で、ミキは三十七歳。彼女が求婚を受け入れることに、僕はまったく疑いを持たなかった。

「給料も上がるし、その上、海外手当もかなりもらえるんだよ。二年で帰ってこれるから、そしたら新潟で家を買って、ふたりで暮らそうよ」

海外勤務の経験者は、帰国後、東京本社に戻るのが既定路線だが、本人が希望を出せば前の支社に戻ることもできた。地方にとどまる意志のある者は地方で優遇される。そのまま新潟に根を下ろせば、おそらく次の次あたりの支社長ということになるだろう。

当時製菓工場で事務をやっていたミキは仕事に執着するタイプの女性ではなかったし、安い給料にいつも不満を漏らしていた。僕としては、彼女を幸せにするにはそれがいちばんだと思った。彼女の父親と二世帯で暮らすのもやぶさかではなかった。いや、彼女が喜んでくれるならむしろそうしたい。そう思えるくらい、僕は彼女のことが好きだった。でも、彼女は僕のその誘いを断った。

「私はこっちで二年間待ってるよ」

「え、なんで？　一緒に行こうよ」

病気がちの父親を実家にひとりにするのが心配だから、というのが最初に聞かされた理由だった。

「それはつまり、お父さんがミキに行かないでくれって言ってるの？」

「ううん、お父さんは洋人のこと気に入ってるし、いいタイミングだから行ってこい、三十代のうちに結婚しろ、って言ってくれてるんだけど……」

「じゃあなんで……」

「うーん、いろいろ考えたんだけど、やっぱり今は私、ブラジルには行けないんだよね」

「いろいろって何？」

「とにかく、ごめん。私はこっちで洋人が帰ってくるのを待ってる。たったの二年だもん。会えなくても、なんとかなるよ」

日本を発ってからしばらくのあいだは、メールや電話でやりとりを続けた。でも、何百キロ、何千キロ、何万キロ離れているかわからないその距離は、恋愛感情を持続するにはさすがに遠すぎた。

*

ミキはアルビレックス新潟という地元のサッカークラブのサポーターだった。付き合いはじめて少し経った頃、あのさ、実は私、とちょっと恥ずかしそうに打ち明けられた。

「へえ。サポーターって、ファンとは違うの？」

「まあ、同じようなものだけど、感覚的には普通のファンよりもっと積極的にスタジアムに足を運んだりグッズ買ったりして、一生懸命クラブを応援する人たち、って感じかな」

「へえ、じゃあミキもけっこう行ってるわけ？ その、名前何だっけ……」

「ビッグスワン」

「そう、それ」

「ホームの試合は行ける試合、全部行ってる」

僕はスポーツにまったく興味がなかったので、へえ、と素っ気ないリアクションしか返せなかった。それは友達が大のヤクルトファンだとか、知り合いが宝塚歌劇団の非公式のファンクラブに入っているとか、親戚のおばちゃんがジャニーズのアイドルに夢中だとか、そういうことを耳にしたときの反応と変わらなかった。ああそうなんだ、ふうん、いいね、夢中になれるものがあって、的な。

「よかったら、洋人も今度ビッグスワン行かない？」

「え、俺も？ それはどうだろう」

「きっと楽しいよ。サッカー、生で見たことないんでしょ?」

彼女に誘われるまま、僕は二度ビッグスワンに足を運んだ。スタジアムで生で見るサッカーは確かに迫力があったし、芝生は鮮やかなグリーンでとても美しかった。でもだからといって、僕がサッカーを好きになることはなかった。いい大人が短パン姿でボールを蹴り合うだけ競技の、いったいどこが面白いのだろうと、試合を見ながら内心ずっと思っていた。

シーズンの終わりにまた誘われたとき、

「いや、でもあそこのスタンド、寒いんだよなあ」

僕がそう言って返事を渋ると、彼女は少し残念そうな顔をしてからすぐに気を取り直して、「そっか、わかった。じゃあ友達と行ってくるね」と言った。

彼女だってサッカーに興味のない僕が黙って隣に座っているより、気心の知れたサポーター仲間と一緒に応援するほうが楽しいに決まっている。互いの趣味には必要以上に干渉しないほうがいい。そのとき僕はそう思った。

*

僕は東京の下町の出身だ。新潟支社への転勤が決まるまで、新潟といえば学生時代に友達とスノーボードを滑りに何度か越後湯沢のスキー場に行ったくらいで、大雪が降り積もる場所、という程度の認識しかなかった。

車を日常的に運転するようになったのは、新潟での勤務がはじまってからだ。地方では車がないと生活が不便だということで、初日から自由に使える会社の車が一台与えられた。ただ、いちおう免許は持っていたものの、それまでずっとペーパードライバーだった僕は運転があまり得意ではなかった。

ミキは僕とは正反対で、運転が得意な人だった。デートをするときは僕の会社の車ではなく、たいてい彼女の車で動いた。

彼女はハンドルを握るのが好きなタイプで、僕がビビってできないような急な車線変更も平気だった。助手席にいてひやりと感じることもあったけれど、彼女は周囲の車とのコミュニケーションのとり方がスマートで、最低限の交通マナーをちゃんと心得ていた。車庫入れは僕の数倍上手かった。

支社の仲間と古町でお酒を飲むときは、帰りのタクシー代わりによく彼女に迎えに来てもらった。そんなときでも、彼女は嫌な顔ひとつせず、やはり楽しそうに車を出してくれた。

ただ、僕は彼女の車に乗ると、自分と彼女のあいだにときどき妙な距離を感じてしまうことがあった。運転の上手な彼女と、運転の下手な僕。新潟で生まれ育ち、そこでしか暮らしたことのない彼女と、東京出身で、会社の命令でたまたま新潟で働いている僕――運転席と助手席のシートのわずかな隙間に、地層のずれのような、深い溝のような、なんだかしっくりとこないものをどうしても感じてしまうのだった。

それは、最初に彼女の車に乗ったときからそうだった。バックミラーにアルビのマスコットキャラクターがぶら下がっているのを見つけた僕が、何も考えずに軽い気持ちで、可愛いアヒルだね、と言うと、彼女は急にきつい顔になって、

「白鳥だけど」と即座に僕の誤りを訂正した。

「あ、ごめん」

リアガラスには、チームエンブレムのステッカーが貼られていて、その横には「アイシテルニイガタ」というオレンジ色のロゴも並んでいた。

彼女の愛するそれを、自分はきっと一生愛せないだろう。

そのとき、僕はそんな気がしたのだ。そしてその気持ちだけは、どれだけ付き合いを重ね、彼女を好きになっても、いつまでも変わらないのだった。

「私、いつか、ホームだけじゃなくてアウェイの試合もみんな見に行きたいんだよね。クラブが人生の生きがいみたいになってるサポーターっていっぱいいると思うんだけど、本当に全試合を生で観戦できるサポーターってめったにいないと思うの。私、いつかそれをやってみたいんだよね」

いつだったか、ミキはそんなことを言っていた。

「でもそれ、すごいお金かかるよね。日本全国、旅行するってことでしょ?」

「うん、だから普通に今の仕事していたら無理なんだ。夢のまた夢、って感じ。いつか時間とお金に余裕ができたら、の話だよ」

そのときの彼女にとっては、確かに夢のまた夢だったかもしれない。

でも僕と結婚して、僕が順調に出世の階段を上がっていけば――ちゃんと支社長クラスになれれば――それはけして不可能なことではない。ただ月に二回か三回、県外に旅行をする程度のことではないか。

口にはせずとも、僕はいつか彼女の夢を叶えてあげるつもりでいた。そのつもりで付き合っていた。その頃には、彼女とのあいだの、微妙な地層のずれのような感覚もきっと解消されているだろう。そう思っていた。

*

「ねえ、お父さんが結婚に賛成してくれるなら、どうして俺と一緒にブラジルに行ってくれないの? お父さん、今、目を離せないくらい体調が悪いってわけじゃないんでしょ?」

僕はやはり納得がいかなかった。海外赴任といってもたった二年でしかない。彼女だって本当は僕と結婚したいと思っているはずだった。

「俺のこと、あんまり好きじゃないの?」

「ううん、好きだよ」

「じゃあどうして?」

そのとき彼女の口から出てきた答えが、アルビだった。

その年、アルビは開幕から下位に低迷し、所属するJ1から下のカテゴリーのJ2に降格しそうだった。

そんなチームを見捨てることはできない、と彼女は言った。

「俺よりアルビが大事って……」

僕は唖然とした。こみ上げてきたのは怒りに近い感情だった。

日本を発ったあと、メールで彼女とやりとりをしながら、僕は彼女にアルビの話題を何度も振った。
《ブラジルでいいストライカー見つけてくるよ。期待しててね》
《ネットで最近の結果見たけど、なんか持ち直したみたいじゃん》
《クリスマスは帰れそうだから、そのときアルビの残留祝いをしよう》
どれも（恋人よりもそんなにサッカークラブが大事なのかよ……）という皮肉をこめたメールのつもりだったが、僕のその気持ちを、彼女はちっとも察してはくれなかった。彼女の返信からは、アルビの話ができて楽しい、嬉しい、という雰囲気しか伝わってこなかった。

彼女にとっては、変わらない日常の暮らしから恋人がひとりいなくなっただけかもしれない。メールや電話でやりとりができれば、会えなくてもさびしくもなんともないのかもしれない。でも僕はそれまでの生活のすべてが一変したのだ。唯一、彼女がそばにいてくれることを心の支えにしたかったのに。

僕に新しい彼女ができたのは、ブラジルに渡って半年が過ぎた頃だった。現地採用で通訳をやっている若い女の子だった。ひとまわり近く年齢が離れていて、ミキと比べるとだいぶ幼い感じの子ではあったけれど、僕にとってそのとき必要なのは、地元のサッカークラブを愛してやまない人ではなかった。そばにいて話を聞いてくれて、一緒に買い物に出かけてくれて、一緒にご飯を食べてくれる人だった。手を伸ばせばちゃんと触れられる人だった。

ミキとの別れを決断した僕は、最後の電話で彼女に言った。

「ごめん、俺たち別れよう。会えないってやっぱつらいよ。これが二年も続くなんて俺には耐えられない。無理なんだよ。ミキが俺よりもアルビをとった時点で、俺、もうダメな気がしてたよ。てか、そんなにサッカーが大事? アルビが大事？　俺よりも？　応援なんてどこにいたってできるじゃん。それに、ぶっちゃけ、アルビなんてどんなに応援しても優勝できないチームだろ。それって意味なくね？　馬鹿らしくね？」

言わずにはいられなかった。ただやみくもに彼女を傷つけたかったわけではない。その言葉の中に、もしも彼女がこれを聞いて思い直してくれたら、気持ちを変えてくれたら、という願いをこめていた。

でもやっぱり、最後まで彼女が大切にしていたのは僕ではなかった。

「どうでもいいじゃん、アルビなんて」

その台詞を口にしながら、僕は泣いていた。この願いは絶対に彼女の心に届かないと、はっきりわかってしまったのだ。

彼女はきっと、そのとき僕が涙を流していることにすら気づいていなかった。彼女は彼女自身が傷つくことで精一杯だった。僕自身がそうだったように。

＊

ナビで裏道を検索しているうちに信号が青に変わった。

とりあえず前の車に続いて左折する。少し進んだところでまたすぐに赤信号にひっかかり、目の前のテールランプを合図にゆっくりブレーキを踏んだ。

隣で妻がスマホをいじりながら言う。

「二時にキックオフで、相手はアルビレックスだって」

「アルビか」

「アルビレックスってどこのチーム？」

「新潟だよ。ほら、あっちはこの時期はまだ雪が降るかもしれないから、開幕戦はだいたいアウェイで試合するんだ」

「へー、詳しいね」

「いや、まあ、前に新潟支社にいたし」

言いながら、もしかして、と思う。

目の前の車は僕の知っているミキの車ではない。メーカーも車種もまったく違う。でも僕が新潟で彼女の車に乗っていたのは、もう十年も前の話だ。当時の車なんてとうに買い替えているだろう。

例えばもし、彼女が僕と別れてから経済的に恵まれた男と結婚して、自由に使えるお金と時間を手にしていたら。夢を叶えることができたとしたら。そうしたら、愛するアルビの開幕戦、彼女はどこで何をしているだろうか。

さすがに新潟からこの北九州まで車で移動するのは現実的ではない。ここまで来るとしてもその場合は飛行機を使うだろうし、レンタカーにわざわざクラブのステッカーを貼るとは考えにくい。わかっている。

でも、もしかして。

ガラス越しでよく見えないが、前の車の運転席のシルエットは明らかに女性である。ミキに似ているだろうか。目をこらしてみるが、よくわからない。彼女はもう四十代の後半だ。髪型も体形もだいぶ変わったかもしれない。

「どうしたの?」

「いや、何でもない」

信号が青に変わったとき、右車線の車がもたもたしていたので、僕はとっさにウインカーを出して車線を変更した。ミキのやり方を思い出しながら、タイミングよくハザードランプを点滅させる。

そしてアクセルをぐっと踏みこみ、さっきまで前にいた白鳥のエンブレムの車を追い越しながら、助手席の妻の横顔のむこうにさっと視線を走らせた。

もしかして――

でもその車を運転していたのは、ミキではない、見知らぬ若い女だった。

「何？」

「あ、いや」

「誰か知り合いでもいた？」

「何でもないよ」

僕はブラジルから予定通り二年で帰国し、東京の本社に三年勤めたあと、新しい事業の立ち上げに参加するかたちで九州にやってきた。妻とはこっちに来てから知り合い、四年前に結婚した。

ミキは今、どうしているだろう。今もまだアルビを応援して、病気がちのお父さんと一緒に実家で暮らしているだろうか。

昔付き合った恋人に、当時と変わらないままいてほしいのか、それとも変わっていてほしいのか。幸せでいてほしいのか、不幸せでいてほしいのか。僕は自分の気持ちがよくわからない。

もう一度、今度は反対側のウインカーを出して左車線に戻った。

後ろをのんびりついてくる車の若い女の顔をバックミラーでちらちら見ながら、僕は、――今日の開幕戦はギラヴァンツに勝ってほしい――ただそれだけを思った。

オレンジ・ウェディング

2021.2.27

ORANGE WEDDING

The 1st section of the J. League Division 2
Giravanz Kitakyushu 1-4 Albirex Niigata

直前まで悩んだ末、娘の真央は式を挙げることに決めた。

こういう時期だけに仕事の関係者や県外の親戚には声をかけず、身内や友人だけでこぢんまりと。二月の終わりという微妙な日取りは、お腹が大きくなる前に、ということらしい。

開始時間もまた微妙だった。式が午後一時半で、披露宴は二時。

「問題ないね、予約するよ」

真央に念を押されたときは何も考えずに頷いたが、よくよく考えてみると俺にとっては問題大ありだった。その日の午後は、大事なアルビの今シーズンの開幕戦と思いきり重なっていたのだ。

「最後に両家ご両親様にお並びいただいて、記念品と花束を――」

係員の説明を聞きながら、控室の窓の外の新潟らしい鉛色の曇のむこうに、俺は遠く北九州市の空模様を心配している。

「ちょっと、ちゃんと聞いてるの?」

妻がモーニングの袖を引いた。

「私がベアで、あなたが花束だから」

「ベアって何だ?」

「だから今聞いたでしょう、記念品。真央が生まれたときの体重と、同じ重さのクマのぬいぐるみがあるの」

「へえ、そんなのがあるのか」

ホームじゃないのが不幸中の幸い、アウェイの北九州戦ならあきらめもつくと思ったが、実際にキックオフの時間が近づくと気になってしかたがない。俺はもう何年も、スタジアムであれ映像であれ、アルビの試合のすべてをリアルタイムで観戦してきたのだ。

披露宴が始まる前にこっそりスマホでスタメンを確認する。新加入の鈴木孝司がトップに入っている。高宇洋もいる。見たい。せめて実況の音声だけでも聞きたい。しかし花嫁の父という厳粛な立場がそれをさせてくれない。

新郎友人のスピーチのとき、妻の目を盗んでテーブルの下でDAZNのアプリを立ち上げた。ちょうどコーナーキックの場面——千葉和彦がヘディングで見事な先制点を叩きこんだ。おしっ。反射的に拳を握りしめる。

しかし次の瞬間、その腕をぐいと思いきり引っ張られた。

「あんたね、いい加減にしなさいよ」

こういう父親を、真央は毛嫌いしていた。

「お父さんは家族よりアルビのほうが大事なんだね」

その台詞をこれまで何度聞かされたかしれない。

家族をないがしろにするつもりなんてなかった。ただ、アルビの試合のために学校行事をすっぽかし、娘の機嫌を損ねたことは何度かあった。

「私は絶対、サッカーとか興味ない人と結婚する」

真央の小さな手を引いて一緒にビッグスワンに通ったのは、七歳のときが最後だったか。彼女がリレーの選手に選ばれた運動会を途中で抜け出してからは、いくら誘っても無視を決めこまれた。リビングでのサッカー観戦を禁じられ、俺の部屋にCSが映る専用の小さなテレビが設置されたのはその頃だ。

しかし、家族に愛想を尽かされれば尽かされるほど、はっきり言って逆にアルビの応援には都合がよかった。土日は基本的に自由行動。雀の涙ほどの月々のこづかいからガソリン代と高速代さえ捻出できれば、近場のアウェイ戦にだって足を運ぶことができた。

「ひとり娘を嫁にやる心境はどう？　やっぱりさびしい？」

周囲に何度も聞かれるうちにそれらしい心境になってきたような気がするものの、結婚式当日を迎えても、正直なところまだ実感はない。娘より、アルビの選手のコンディションのほうが心配である。真央が産まれたときから、女の子はいずれ家を出て行くもの、と思っていた。二十歳という年齢は今の時代ではずいぶんと早いのだろうが、子どもができたのだからしかたがない。

ここで相手がとんでもない男であれば話は別だが、幸いなことに年上のしっかり者で家柄もいい。勤め先は一部上場企業ときている。年収も俺とそう変わらない。ふたりで決めたことなら、俺が口をはさむことなど何もない。

それに家を出るといっても、引っ越し先のマンションは近所で、出産前後はしばらく実家に帰ってくるという。子どものときから使っている娘の部屋は当分そのままで、俺だけが立ち入り禁止なのだそうだ。

「もうドレスは決めたんだろうな」

「お父さんには関係ないから」

「俺はモーニングでいいんだよな」

「ママが全部予約してるから」

「そうか」

直近の会話がこれでは実感などわきようがない。式の費用だって、頼まれれば定期預金を解約して百万くらいぽんと用立ててやるつもりだったのに、一切、俺に相談はなかった。ただ、なんだろう。婚姻届の証人欄に署名をしたときから今日まで、ときどき、胸に小さな穴が空いたような、そこから冷たいすきま風が吹きこんでくるような、妙な感じがする。


お色直しで新郎新婦が退場した今がチャンスだ。

そう思って、妻が招待客と話をしている隙にスマホで試合経過を確かめる。うっ、同点になってる。思わずのけぞった。椅子の背もたれに体重をかけたそのとき、間が悪いことに、ビール瓶を片手に背後から近づいてきた新郎の父親とぶつかり、互いのズボンに染みをつくってしまった。

「ああっ、すみませんどうも」

「いやいやいやいや、こちらこそどうも」

恐縮しながら酒を酌み交わすと、

「えーと、本間選手でしたか。残留でよかったですな」

唐突にアルビの話題を振られてぎくりとした。俺が熱心なサポーターだと、むこうの家で真央がべらべらしゃべったのだろう。

「いやね、私のほうは野球ですけど大の巨人ファンなんでね。菅野が残ってくれたんですよ。だから気持ちはわかるっていうか、ははは」

「ははは」


新郎新婦の再入場と同時に、スマホは妻に取り上げられた。

「いい加減にしないと怒るよ」

もう怒ってるじゃないか、と心の中でつぶやきながら、しかたなく若者たちの余興を眺める。雛壇の横で、真央の軽音学部の同級生だという男女が楽器の演奏をはじめた。俺でも知っているビートルズのナンバーが選曲されたのは、どの世代でも楽しめるようにという彼らなりの配慮だろうか。

みんな真央と同じ二十歳。二十歳といえば、本間至恩と同い年だ。はじめて彼のドリブルを見たときから、俺はずっと至恩に夢中だ。

若くて才能のある選手は、いつか必ず、どこかへ羽ばたいていく。

サッカーはそういう世界だ。わかっている。でも、移籍の噂を耳にするたびに胸がざわついた。そして思った。真央が家からいなくなり、至恩までどこかに行ってしまったら、俺は――

「そろそろお願いします」

係員に呼ばれて妻と席を立ち、両家四人でドアの前に並ぶ。披露宴はいよいよ終盤である。ということは北九州の試合ももう――

「あんたね、最後くらい、こっちにちゃんと集中しなさいよ」

妻は俺の胸の内などすべてお見通しのようだ。

スポットライトが真央を照らす。披露宴では定番の、花嫁から両親への手紙である。真央が声を詰まらせながら読み上げる母親への感謝のメッセージはいたく感動的で、愛の深さが感じられた。もらい泣きする者までいた。

しかし一転、それが終わると今度は同じ口から、アルビサポの父親に対する積年の恨みつらみが吐き出された。

「――そんな子どもの頃の私にとって、お父さんは最低のお父さんでした。家族よりアルビが大事なの？　って、何度怒ったか数えきれません。お父さんはたぶん今日も、テーブルの下でこっそりアルビの試合の結果をチェックしていたと思います。見てましたか？」

真央が俺の反応をうかがい、マイクを持った係員が近寄ってくる。

「ママにスマホ没収されたよ」

やけになって声を張り上げると、どっと笑いが起こった。悪い雰囲気ではないが、かといってネタにされるのはいい気分ではない。

「お父さん、おめでとう」

「何だよ、おめでとうって。それはお前のほうだろう」

「アルビ、今日の開幕戦、４対１で勝ったって。お父さんの大好きな本間至恩がね、ゴール決めたよ」

会場が拍手で沸いた。

「これからは、アルビだけじゃなくて、私たち夫婦のことも応援してください。よろしくお願いします」

そう手紙を締めくくった真央は、係員から花束とクマのぬいぐるみを受け取ると、新郎と並んでゆっくりとこちらに近づいてきた。胸に抱かれたクマは、オレンジのシャツを着ている。気づけば、お色直しで着替えた真央のドレスもまた、薄いオレンジである。もしかして、それは――

嬉しさか、さびしさか、なんだかよくわからない。ただ胸に空いた小さな穴が、隙間が、あたたかなもので満たされ、ふさがれていく。

「ちょっと、アルビが勝ったくらいで泣かないでよ、恥ずかしい」

妻が横で袖を引っ張る。

「ばか、泣いてないよ」

なのにどうして俺は涙声なんだろう。振り向くと、妻の目尻にも溢れるものがある。真央が正面で立ち止まった。

差し出された花束のガーベラは、みんな、鮮やかなオレンジ色だ。

ゴールラッシュでさようなら

2021.3.27

GOODBYE IN GOAL RUSH

The 5th section of the J. League Division 2
Albirex Niigata 7-0 Tokyo Verdy

田舎から上京した若者が、東京の色に染まって故郷のことを忘れてしまうというのはよくある話だ。時代も世代も関係ない。昭和の歌謡曲にも平成のＪポップにもそういう歌があった気がする。

去年、新潟の田舎を出て東京で新生活をはじめた私の恋人は、私を、そしてアルビを忘れた。

私たちが付き合いはじめたのは、高校二年の夏だった。

彼はサッカー部で、私は帰宅部。放課後、サッカー部の練習が終わってから校門の前で待ち合わせをして、私たちは駅までのわずか十分ほどの距離を毎日一緒に歩いて帰った。彼のジャージに染みついた汗と土埃の匂いをかぎながら、学校のこと、友達のこと、家族のこと、好きなこと、嫌いなこと、いろんなことをふたりで話した。

そんな日々が三ヶ月ほど続いて、あるとき、すっかり話題が尽きてしまったことに気づいた私は、何かひとつ共通の趣味を持ちたくて、彼の好きなサッカーに関することならばと頭をひねり、

「ねえ、一緒にアルビ見に行かない?」

と彼に提案してみた。

「え、いいけど、みーちゃん、サッカーわかんの?」

「だから祐也が私に教えてよ」

「いやまあ、いいけど。オフサイドとか知ってる?」

どうやら彼にとっても、私がサッカーに興味を示すのはウェルカムなことだったらしい。翌日、彼はアルビのページに付箋の貼られたサッカー雑誌と選手名鑑をわざわざ家から持ってきてくれた。

次の週末、私たちはさっそくふたりでビッグスワンに出かけた。

彼の解説を聞きながら試合を見て、晩秋のスタンドの寒さに震えながら、あつあつのおでんを食べた。試合の勝敗なんておぼえていないし、サッカーが面白いものかどうかも、そのときはまだよくわからなかったけれど、私は彼とそんなふ

うにデートできるのが単純に嬉しかった。

帰りに売店でお揃いのユニフォームを見ていこうと手を引いたら、何言ってんだよ恥ずかしいよ、と断られ、でも記念にタオルマフラーだけ買った。

翌年、高三になった私たちはたくさんの試合を見に行った。彼が部活を引退した夏以降のホーム戦はすべて足を運んだと思う。ゴール裏でお揃いのマフラーを掲げ、私たちはすっかりアルビサポになった気でいた。


高校卒業と同時に、私と祐也は離ればなれになった。

私は地元の短大に進学し、彼は東京の私立大学に通うことになった。

最初からわかっていたことではあったし、遠距離でも心が通じ合っていればなんとかなると信じていたけれど、いざ会えなくなると、やっぱり少しさびしかった。とはいえ、電話と手紙しかなかった(らしい)昭和の時代と違って、私たちにはスマホがある。どんなに遠く離れても、電波さえ届けばリアルタイムで顔を見て会話ができるし、親の世代のようにそのことにいちいち未来を感じることもない。

アルベルト新監督が就任したアルビは、遠距離恋愛中の私たちにとって、大切な話題の種だった。

「今年のアルビ、たぶん面白いよ」

「だよね、私もそう思う」

四月に入っても祐也としょっちゅうアルビの話ができたのは、文明の利器のおかげであると同時に、コロナ禍でお互いに時間を持て余していたということもあった。彼は東京で新生活を始めたはいいものの、大学の授業はオンラインだしまだ友達がひとりもできていない、と嘆いていた。

「何かさあ、自分が大学生になった実感がないっつうか、俺、自分がここで何してんだかわかんないんだよね」

画面越しに見る彼の顔は元気がなく、声も弱々しくて、私は少し心配になった。会いに行きたい。彼のそばに寄り添って孤独を癒やしてあげたい。でも、我慢するしかなかった。

ようやくJリーグが再開された夏のはじめ、祐也の表情にやっと本来の明るさが戻ってきた。気分転換にと個人参加のフットサルチームに入ったら、そこで友達ができたという。声も晴れやかだった。

「授業もようやく始まったし、バイトも始めたし。やっと春が来たって感じがするよ」

「もう夏だけどね。でもよかった。やっぱ、祐也はサッカーしてる姿が似合うよ。忙しいかもしれないけど、またときどき連絡してよ」

「うん、そうする」

そこまではよかった。でもそこからは――もう本当によくある話だ。

だんだん彼からの連絡の回数が減り、その間隔もどんどん開いていって、授業やバイトの忙しさを理由に彼がカメラ越しの会話に応じてくれなくなり、やりとりはＬＩＮＥの短いテキストだけになった。

アルビの話題も私のほうから振るばかりで、彼の反応は鈍く、試合を見ていないのか話が全然通じない。

《年末年始には会おうよ。こっち帰ってくる？》

《うん。そうだね、一緒に白山さまに初詣行こう》

その予定も、ステイホームの世の中的にそういう感じじゃなくなって、結局、彼の帰省は中止になった。

《せめて年越しくらい、祐也の顔を見て過ごしたいな》

大晦日の夜、私がそんなメッセージを送ったら、紅白歌合戦が終わったあとでビデオ通話の着信があった。

「おーす。みーちゃん、元気?」

「うん。祐也も元気?」

「まあね」

「ちょっと痩せた?」

「そお?」

「お父さんとお母さん、息子が帰って来なくてさびしがってるでしょ」

「まあ、でもしょうがないよ。うち、九十歳のじーちゃんいるし」

少し距離を感じる会話をしながら画面越しに新年を一緒に迎え、私たちはおめでとうを言い合った。

「そういえばあんまり補強の話、聞かないよね。大丈夫かな」

私がそうアルビの話を向けると、

「うーん、まあ、そうね」

彼は急に声を落とし、

「あのさ、これわざわざ元旦に話すことじゃないんだけどさ」

と前置きをしてから切り出した。

「今、俺、ヴェルディサポなんさ」

「は？」

「だから、俺、去年からアルビじゃなくてヴェルディなんさ」

「どういうこと？ アルビはどうでもよくなっちゃったの？」

「そういうわけじゃないけど」

「え、なんで？」

「いや、友達が……」

「友達？」

「フットサル一緒にやってる友達がヴェルディサポで、そんで去年、味スタに何回か行ってさ、まあなんつうの、その流れで誘われてさ」

奥歯にものが挟まったような言い方に、私はぴんときた。

それ、本当に友達？　友達じゃないよね？
アルビだけじゃない。彼は長く会わないうちに、私のこともすっかり忘れてしまったのだった。

ひとりでビッグスワンに通うことには、もう慣れた。
彼とお揃いのマフラーをひとりで掲げることにも、ひとりで黙って試合を見つめることにも。
ピッチを挟んで反対側、緑色のアウェイサポーター席から、小気味よい太鼓のリズムが聞こえてくる。これがサンバというやつだろうか、音楽のことはよく知らないけれど、気づくと自分の足が勝手にリズムをとっていてなんだか悔しい。
週の半ばに、私は祐也にメッセージを送った。彼とはまだいちおう、遠距離恋愛中ということになっている。
《土曜日、ビッグスワンでヴェルディ戦あるよ》
《あ、まじで》
《祐也、もしかして新潟に帰ってきたりする？》

《いや、春休み中だし行きたいんだけど、このご時世ですから。さすがにリスクは回避しないと》

《ですよね》

彼が避けているのは、ウイルスではなく、きっと私だ。その証拠に、《次の対戦のときは私が東京行こうかなー。味スタで見ようよ。あ、ヴェルディサポさんのお友達が一緒でも私は平気だよ》

私がそう送ると、既読がついたあと、彼はしばらく返答に窮した。

《だね。アルビ調子いいらしいね。お手柔らかに笑》

届いた返事はかなり微妙だった。

この試合の中継を、きっと彼は東京のどこかで見ている。私の知らない、新しいお友達と一緒に。

絶対に負けたくない。マフラーを握る手に力が入った。

別の誰かを好きになったなら、正直にそう言ってほしい。ちゃんと別れ話を切り出してほしい。それをしない彼のことも、わかっていながら自分から言い出せずにまごついている私自身も、蹴飛ばしたいほど嫌だった。

絶対に勝ってやる。蹴散らしてやる。見てろよ。

その怨念のような強い気持ちが通じたのか、試合が始まるとアルビは前半からヴェルディを圧倒した。胸の中の鬱憤をすべて吐き出すかのような怒濤のゴールラッシュ。

ゴールがひとつ決まるたびに私は、ざまあみろ、と思った。

試合の終盤、ＬＩＮＥの通知音がポンと鳴った。既読のつかないホーム画面のバナーに、彼からの短いメッセージが表示される。

《参った。もう勘弁して笑》

私は頭の中で返信を考えて指を動かしかけ、そして、やめた。

私たちはいつまでこんな会話をずるずる引きずるのだろう。

別れなくちゃと何度も思って、でもふんぎりがつかなくて、もしかしたら会えばまた元に戻るかもなんて考えて。

だけどやっぱり、私たちはもう終わっている。

別れよう。このまま、未読のまま、別れよう。

今日が、この試合が、今が、そのタイミングだ。

スマホをオフにしてポケットにしまったとき、ダメ押しの七点目が決まった。
アルビが私の背中を押してくれた気がした。
このゴールが、私からの最後の返信だ。

また、君と秋にここで

2021.5.1

FIND PLEASURE IN THIS FALL

The 11th section of the J. League Division 2
Albirex Niigata 2-0 JEF United Ichihara Chiba

待ち合わせは、駅に隣接する大型書店の一階と決めている。

店内をうろついていると、彼女はいつも約束の時間を少し過ぎた頃にやってくる。アニメのキャラクターの帽子をかぶり、オレンジ色のリュックを背負った少女は、僕を見つけるなり手を振って、パパ、と声を上げ、スキップするように駆け寄ってくる。

でも今日は違った。新刊本を立ち読みしていたら、いきなり脇腹をつんつんと突かれ、いつからそこにいたのか、振り向くと横に立っていた。

「なんで気づかないの」

その視線の高さに一瞬、戸惑う。

「芽依ちゃん……、背、伸びたね」

変わっていたのは身長だけではなかった。前髪ぱっつんのショートだった髪は肩にかかり、やけに大人っぽい濃いグレーのワンピースを着ている。いつものリュックのかわりに、カフェのロゴがプリントされたトートバッグ。気のせいか、唇がやけにぷるんと潤っている。

僕は娘の年齢を頭の中で確認する。小学五年生、まだ十一歳。

月に一度の面会日は、一緒にアルビの試合を見に行く。

それが三年前、妻との離婚が成立したときに交わした、僕と娘の約束だ。芽依は僕の影響をもろに受け、物心ついたときからのアルビサポである。

「絶対行こうね！絶対だよ！」

僕がマンションを出た日、声をからして泣きじゃくった娘のことを、僕は一生忘れないと思う。

離れて暮らしはじめた最初の年は、約束通りに毎月ふたりでビッグスワンに通った。二年目はリーグ中断の影響もあって六回。そして今年はこれがはじめての面会日である。

五月まで一度も会えなかったのは、別れた妻の親戚に不幸があったのと、僕の職場と彼女の通う学校で立て続けに新型コロナの感染者が出てしまい、互いに遠慮したためであって、けして父娘が疎遠になったというわけではない。

「今回こそ大丈夫だよな」

昨日、元妻に電話で確認した。

「やっとパパに会えるって芽依も喜んでる。お天気が心配だけど」

「嵐の日にずぶ濡れで応援したこともあるんだから、そんなの平気だよ」


ビッグスワンのピッチに選手が入場すると、続いてマスコットキャラクター——アルビくん、スワンちゃん、そしてその子どもたち——も入場し、選手の横に並んだ。アルビくんのぬいぐるみが欲しいとだだをこね、売店の前に座りこんで動かなくなった幼い日の芽依が思い出される。あのときは、買うか買わないかで夫婦で口論になった記憶があるから、まだ家族三人でビッグスワンに通っていた頃、ということになる。

「今年、まだ負けてないんだぜ」

「そうみたいだね」

「試合、見てるか?」

「ん、ときどきハイライトだけ」

「ヴェルディ戦はすごかったな」

「だね」

夫婦の離婚の原因が何だったのかは、当事者である僕自身、正直なところよくわからない。小さな諍いは数えきれないほどあったが、互いを傷つけ合うような決定的な出来事があったわけではなかった。どちらかが浮気をした、家出をしたということでもない。性格の不一致とはよくいったもので、まさにそれ以外の理由はなかった。妻と別れたことに未練はない。ただ、娘をかなしませたことだけは痛恨の極みである。

「芽依は何も悪くないよ。パパはいつまでも芽依のパパだからね」

僕は何度も繰り返し彼女にそう伝えた。別れたあとも、最初の頃は妻も交えて何度か三人で食事をした。そのうち、芽依は家族のあり方の変化を、彼女なりに受け入れてくれるようになった。

僕は僕で、この変化を前向きに考えようと思った。ひとつ屋根の下で暮らしていたときは仕事に追われてばかりで、ゆっくり娘の相手をする日なんて月に一度あるかないかだった。むしろ離ればなれになってからのほうが、一緒に過ごす時間を大切にできるような気さえした。


昨日の電話で、別れた妻は言いにくそうに切り出した。

「あのね、芽依、バスケやりたいんだって。仲のいい友達に誘われて」

「へえ、そうなんだ」

「それでね、もう申し込んで練習に行きはじめたんだけど」

「ミニバスか。いいじゃない」

「うん……。だからこれからはね、練習とか試合とかで土日が忙しくなりそうなんだよね」

「……」

「親が見に行ける大会のときは、ちゃんと連絡するから、ね」

電話を切ってから、僕はしばらく放心した。

親の気持ちなど関係なく、子どもは勝手に成長していく。芽依はもう、ただの小さな女の子ではない。今は父親とアルビを見ることより、もっと楽しい、夢中になれることがあるらしい。それは本来、僕にとっては幸せなことのはずだ。

だけど、僕は娘の成長にあきたりないものを感じてしまった。


アルビは試合開始早々、ＣＫからいきなり先制点を決めた。

「おっ、千葉戦で千葉のゴールか。ははっ」

「何言ってんの、７番だよ」

わざと面白いことを言ったつもりなのに、芽依の切り返しは冷たかった。

「この谷口って、新しい選手？」

こちらを振り向きもせず大型スクリーンのリプレー映像に目を細める。

「去年のＪ３の得点王だよ」

「ふうん。あれ？ もうひとり新しいフォワードいなかった？」

「鈴木孝司な。いい選手だよ」

去年までの芽依とならば、こんな会話はなかった。アルビの情報は僕よりも彼女のほうがずっと早く、詳しかった。

「ほら、今年はビルドアップのパスがとにかくつながるんだよ。こんなアルビ、今まで見たことないだろ」

「うん、すごいね。すごいよ」

でもその台詞のわりに、表情はちっとも晴れやかではない。

「学校、どうだ?」

「うん、まあ、普通」

「ミニバスはじめたんだって?」

「うん、まあ」

「面白いか?」

「なんか、まあ、サッカーと通じるところもあるし。面白いよ」

「だよな、そっか」

それからしばらく会話が途絶え、なんだか気まずい感じになってしまった。新型コロナの感染防止対策で離れた座席ひとつ分の距離が、それ以上に遠く感じられる。芽依もまた、きっと僕と同じことを感じているのだろう、ピッチを見下ろしたまま微動だにしない。

試合も膠着していた。アルビはボールポゼッションでは圧倒的にリードしているものの、決定的なチャンスを作れず、逆に試合が進むにつれて守り慣れてきた千葉にミスを突かれ、カウンターから何度もピンチを招いた。じりじりする展開に時間がやけに長く感じられる。

沈黙を破ったのはゴールだった。

後半、本間至恩のドリブルから谷口海斗が目の覚めるようなシュートを叩きこんだとき、「やった！」と真っ先に立ち上がったのは芽依だった。本人の意思というよりも、ほとんど条件反射のように膝を伸ばして。

そして芽依は少し恥ずかしそうに僕のほうを振り向き、僕が両手をパーにすると、遠慮がちに、これまでと同じように手のひらを合わせてくれた。そのときだけは、僕のよく知る、あどけない少女の顔だった。

残り時間、僕は試合を見ながら考えた。

もしかしたら今のゴールが、芽依と一緒にここで見る最後のゴールになるかもしれない。僕はきっとこの先ずっと今日のことをおぼえている。でも、この子はおぼえていてくれるだろうか。いつか、父親と一緒にビッグスワンに通ったことすら忘れてしまう日が来るかもしれない。

「久しぶりに来たし、記念にふたりで写真、撮ろっか」

試合が終わってから、僕がそう言ってスマホを向けると、えー、と周囲を気にしながら、それでも芽依はピッチを背に、僕に肩を寄せてくれた。パパ、ちょっと撮りすぎだよ、と笑われるまで、僕は何度もシャッターボタンを押した。

「なあ、芽依ちゃん。もしもアルビがこの調子で頑張ってさ、秋に昇格が決まる試合があったら、そのときはまた一緒に見に来ないか」

帰りのシャトルバスの列に並びながら、僕は勇気を出して誘ってみた。

バスケの試合があったら無理、と断られる覚悟はあった。

でも娘は頷き、そして言った。

「絶対行こうね。絶対だよ」

台詞はいつかと同じでも、立場はすっかり変わっている。それでも僕はまだ、これまで通り、しばらくこの子のパパでいられる。

婚活川中島ダービー

2021.6.5

KAWANAKAJIMA DERBY

The 17th section of the J. League Division 2
Ventforet Kofu 2-2 Albirex Niigata

三十六歳。さすがにそろそろ、なんとかしたい。

そう思って紗衣子は、婚活をはじめた。

まずは手始めに、未婚の友人たちに婚活のやり方をあれこれ聞いて回り、比較的評判のよい婚活向けのマッチングアプリを自分のスマホにダウンロードした。登録後、アプリに掲載された写真やプロフィールを見て気になる相手がいたらやりとりのリクエストを送り、相手からもリクエストが届くと直接メッセージができる仕組みだ。

プロフィールが特に重要、地方在住者はエリアに限定した具体的な話題も好ましい、という公式サイトのアドバイスに従って、紗衣子は自分がアルビのサポーターであることを大いにアピールした。それも「にわか」ではないことをしっかり伝えるために、好きな選手や思い出に残る試合まで詳細に書いた。

新潟在住の男なら、きっとこれで食いついてくるに違いない。一緒にアルビを応援できる女って、サッカーの話ができる女って、いいでしょ?

希望する相手の年収は、とりあえず六百万円以上に設定した。できれば高学歴が望ましく、親との同居はNG。三十六まで独身で通したのだ。ここまできたら妥協せずにいい男をつかまえたい。

ところが登録したはいいものの、ちっともリクエストが来ない。

写真の加工がバレたかと思って、紗衣子は風呂上がりの自分の顔に完璧なナチュラルメイクを施し、丁寧にブローした髪をふんわり巻いて、新しい自撮り画像をアップした。ついでに希望の年収を思いきって二百万円下げ、二世帯住宅に限って同居もOKにした。

それでも声はかからなかった。

なんなのこのアプリ、全然使えないじゃん。

腹を立てた紗衣子は、今度は地元のイベント会社が主催する婚活パーティというものに申し込んでみた。

会場に集まった男女が制限時間内で一対一で向き合い、時間がきたら相手が次々にかわっていくシステムだ。持ち時間内でいかに自分の魅力をアピールできるかが鍵なのだそうだ。

ブルーのワンピースにオレンジと白のピアスを合わせた、わかる人にはきっとわかるアルビカラーの格好で参加した紗衣子は、目の前の相手がサッカー経験者と知るや、ここぞとばかりにアルビについて熱く語った。

「ポゼッションサッカーって、これまで何度も挑戦して、結局結果出せなかったんですよね。だから正直今回もダメだろうって思ってたんですけど、アルベルトの場合はまずサイドのワイドな位置に――」

思いきり引かれた。潮が引くように、さーっと自分への興味が失われていくのが、男の表情ではっきりわかった。

え、アルビ、だめ？

婚活パーティから帰ってまず紗衣子がやったのは、婚活アプリのプロフィール欄を修正することだった。

参考までにと「婚活　プロフィール例　女性」をネットで調べてみたら、そこには、いかにも女らしい、可愛らしい、アットホームな趣味ばかりが並んでいた。

そうか、男が求めているのはこういうことか。

紗衣子は「モテ趣味 鉄板」で検索をかけ、熟考の末、「アルビレックス新潟」に関するワードをすべて削除して、自分のプロフィールに偽りの趣味――写真、読書、料理、お酒もちょっと――を並べた。

フリーコメント欄の「島田と高のダブルボランチも好き♪ センターバックとのパス回し最高」の部分にカーソルを合わせ、「日本酒とワインも好き♪ 好きな人と一緒にお酒を飲める時間って幸せ」に変更した。

するとどうだ。いきなり一通、リクエストが来た。おお、まじか。

相手のプロフィールを見たら悪くなかったので、紗衣子はすぐにリクエストを返して自分からメッセージを送り、そして実際に会う約束をとりつけた。古町のイタリアンレストランで、週末にランチを。

男は市内の建設会社の社員だった。実際の顔は写真で見るよりもいまいちで、正直ぴんとこなかったけれど、とりあえず、ひとまず、まともな婚活がはじまったことに紗衣子は安堵した。

レストランには、普段けして選ばない細プリーツのロングスカートをはいて行き、メニューを見ながら、それがどんな種類のパスタかわからないまま、語感のお洒落っぽさでタリアテッレを注文した。ワインも知識など皆無に等しいのに、やっぱりカベルネかな、なんてしたり顔で言ってみた。

男から趣味について聞かれると、アルビの話をしたいのをぐっとこらえ、

「まだ本格的にやりはじめたばっかりなんですけどぉ」

と逃げ道をつくってから、

「毎晩、仕事から帰って料理をするのが楽しいです、うふふ」と答えた。

「え、毎日作ってるんですか、すごいですね」

「昨日はパエリアでした。ふふ」

本当は、毎日ごはんだけ炊いてあとはスーパーの売れ残りの総菜ばかりなのに。

手応えはよかった。男も終始笑顔だった。ところが、また会いましょう、ぜひぜひ、と笑顔で別れたのに、部屋に帰って次の約束を取りつけようとメッセージを送ったら、紗衣子はあっさり断られてしまった。

「ざけんなっ!」

叫んで、思わず手に持っていたスマホをベッドに投げつけた。

婚活はちっともうまくいかない。

その一方で、今年のアルビは好調だ。五月に入ってから松本と引き分け、町田と京都に連敗を喫したものの、それでもまだ昇格圏の二位をキープしている。

週末、上位対決となる三位・琉球戦を、紗衣子はビッグスワンで観戦した。

その試合、谷口海斗のゴールで2対1と勝利し、アルビが首位に再浮上したことで、紗衣子のテンションは爆上がりした。試合後、駅前の安居酒屋でサポ友達と一緒に飲んだ生ビールは、得体の知れない初対面の男を相手に嘘で塗り固めたキャラを演じつつ飲む高級ワインなんかよりも断然、うまかった。

やっぱり私はアルビが好きだ。アルビが好きな女、それが私だ。

そう思い直した紗衣子は、その夜、部屋に帰ると、再び婚活アプリのプロフィールを修正し、そこにアルビを復活させた。

自分の好きなものを好きと言って何が悪い。何がタリアテッレだ。カベルネ・ソーヴィニヨンだ。私はそんなものより、島田譲のクールなところが、高宇洋の気の利いた献身的なプレーが、ずっと好きだ。

数日後、アプリに新たなリクエストが届いた。

相手は新潟市南区在住の四十五歳、金融関係の男だった。

趣味は鉄道旅行、日本史、将棋、クラシック鑑賞。文字から得られる情報はすこぶる地味で、いかにも真面目そうだった。今どき珍しい銀縁の眼鏡をかけていて、色白。とてもスポーツが好きそうには見えない。おそらくサッカーに興味なんてないだろう。

それでも写真を見て、あ、この人優しそうだな、と紗衣子は直感的に思った。

紗衣子がリクエストを返して、メッセージのやりとりがはじまった。

どんな話題であっても彼から送られてくるメッセージはいつも丁寧で、控えめで、慎重で、几帳面な性格がうかがえた。ただ、プライベートなやりとりのはずなのに、ちっともプライベートなところに触れてこない。そのことが紗衣子はもどかしかった。

相手のことをよく知るための婚活アプリなのだから、もっと自分のことをアピールしてほしい、私にもずけずけと質問してほしい、私の心にどんどん踏みこんできてほしい。でもいくらやりとりを重ねても、それは変わらなかった。

紗衣子は悩んだ。どうしたら相手の心を開くことができるだろう。考えた末、ひとつだけ気づいたことがある。

今まで自分は、自分のことを相手に認めさせることに必死で、まず相手のことを認める、ということをしていなかった。

アルビのことはまだ話題に出ていなかった。紗衣子は、自分からアルビの話を切り出すのを、これまでの失敗の経験から避けていた。自分だったら、アルビのことを聞かれたら嬉しい。それなら彼もきっと――

男のプロフィールの趣味欄に「日本史」とあったので、紗衣子はある晩、こんなメッセージを送ってみた。

《私、サッカーを見るのが趣味なんですけど、明日、アウェイの試合がありまして。(ちなみにアウェイというのは対戦相手のホームスタジアムで試合をすることです。)それが新潟対甲府のゲームなんですけど、この対戦、サポーターのあいだでは「川中島ダービー」って呼ばれているんです。川中島って、昔、社会の時間に習ったような気がするんですけど、私、歴史のこととかよく知らなくて。川中島のこと、教えてもらえませんか？ 川中島って何ですか？》

でも、返信はなかった。

ちょっと勇み足だったかな、と自分のメッセージを改めて読み返して、その文面のあまりの拙さ、幼稚さに紗衣子は赤面した。これはいくらなんでも自分の趣味と相手の趣味を強引にくっつけ過ぎだ。川中島って何ですか、って。川中島も知らないのか馬鹿じゃないかこの女、と思われたに違いない。知らないなら自分でググれよ、とツッコまれてそれで終わりだ。

どうしてこんなの送っちゃったんだろう。恥ずかしさと悔しさとわけのわからない自分への怒りで、紗衣子は涙が出そうだった。

その甲府戦を、紗衣子は自分の部屋でひとりで見た。

ミスから先制を許したアルビだったが、その後はいつものパスワークで甲府陣内に押しこみ、谷口海斗の二ゴールで見事逆転に成功した。

勝ちゲームだった。ところが試合終了まであと少しというところで、ゴール前の接戦から甲府に同点弾を許し、貴重な勝ち点を落としてしまった。

試合が終わってがっかりしていると、男からメッセージが届いた。

「川中島まとめ」と表題がつけられたそれは、開いた瞬間、うっ、とのけぞるほどの長文だった。しかもどこかのまとめサイトのコピペなどではなく、明らかに自作の文章だった。両軍の陣形の添付画像まであった。

《返信が遅れて申し訳ありません。川中島の合戦は第一次から第五次まであるもので、まとめるのに時間がかかってしまいました。合戦の概要は後述のとおりです。ところでサッカーの試合、引き分けで残念でしたね。僕もＤＡＺＮの無料トライアルというのに登録して、拝見していました。こんなにちゃんとサッカーの試合を見たのは、はじめてです。新潟が勝ったら、おめでとうって、またメッセージを送る口実ができると思っていたのですが……非常に残念です》

最後の一文に、紗衣子は男の正直さを感じた。やっと、少しだけ心を開いてくれたような気がした。

紗衣子は「川中島まとめ」のお礼を丁寧に書いてから、

《アルビと甲府って、最近ずっと引き分けばっかりなんですよ》

と送った。するとすぐ返事が届いた。
《上杉と武田もそうです。何度も何度も戦って、でも決着はつかなかったんですよ。まさに「川中島ダービー」ですね。それよりも、今日の試合、とても面白かったです。今度は僕に、サッカーを教えていただけませんか？》
紗衣子はその文面を読み返した。自分の口元がほころんでいくのがわかる。
ひとつ深呼吸をしてから、返信を綴った。
《そう言ってもらえて、とても嬉しいです。もしよかったら、今度、一緒にビッグスワンにアルビの試合、見に行きませんか？》
これは自然な誘い文句になっているだろうか。おかしくないだろうか。
不安でしょうがない。でもそれを読み返す前に、紗衣子の親指は勝手に送信ボタンを押していた。

ドローの夜に

2021.7.17

THE NIGHT OF THE DRAW

The 23rd section of the J. League Division 2
Kyoto Sanga F.C. 1-1 Albirex Niigata

東京五輪によるリーグ中断前の最後の試合、アルビの相手は、目の上のたんこぶ、京都サンガである。

前節終了時点での順位は、首位がジュビロ磐田、二位が京都サンガF.C.で、アルビレックス新潟はその下の三位。J1に昇格できるのは上位二チームに限られるので、ここでなんとか昇格争いのライバルを叩いておきたい。前回のホームの対戦ではウノゼロの完封負けを喫している。たとえ勝てなくても、連敗だけはなんとしても避けなければならない。そういう大事な試合だ。

今、僕はリビングのソファで、妻の麻美は寝室のベッドで、それぞれスマホでまったく同じ試合の中継映像を眺めている。

夫婦なら一緒に見ればいいじゃないかと思われるかもしれないが、そうはいかない。なぜなら僕はアルビサポで、妻は京都サポなのだ。どちらも普段はおとなしい性格だけれど、サッカーのこととなるとけっこう気性が荒い。ホームサポとアウェイサポをスタジアムの同じエリアに押しこんだらどうなるか。リビングと寝室を隔てる一枚のドアは、危険防止のバリケードのようなものである。

前半、昨シーズンアルビでプレーしていた荻原拓也のシュートが古巣のゴールネットを揺らしたとき、

「うおっしゃー！」

寝室のドアのむこうから図太い叫び声とベッドのマットレスを激しく殴打する音が聞こえた。

「ホコリ出るからやめろ！　また下の階から苦情くっぞ！」

「やっぱ京都に来て正解だよオギーニョ！」

「だからうるせえよ！」

京都出身の麻美とは、大学時代に東京で出会った。

お互い別の大学に通っていたのだが、フットサルサークルの交流会で知り合い、

「え、浅野くんってアルビサポなの？　いいね、Ｊ１で。うらやましい」

「いつも残留ギリギリだけどね。京都ならすぐまた昇格できるよ」

「そう思うでしょ？　でもＪ２ってほんと、沼なんだよね……」

同い年でJリーグが好き、という共通項で意気投合した僕らは、

「あのさ、よかったら今度、一緒にJリーグ見に行かない？」

「いいよ。私、等々力でフロンターレ見たいかも」

「すげえいいサッカーしてるよね。俺も見たい」

そんな感じでスタジアムデートを重ね、自然と付き合うようになった。そして大学を卒業し、僕が家業を継ぐために新潟に帰るタイミングで籍を入れた。

新潟と京都のあいだをとって東京で挙げた結婚式では、指輪の交換のときにオレンジと紫のユニフォームも一緒に交換するという、サポーターならではの演出で盛り上がったりもした。

J1はアルビ、J2は京都。結婚することで応援するチームがふたつになり、僕らのJリーグを見る楽しみは倍になった。サッカーの話をしながら、

「ねえ、子どもができたらどっちのサポにする？」

なんてよく笑い合った。そこまでは何の問題もなかった。

夫婦の雲行きが怪しくなったのは、アルビがJ2に降格してからだ。ふたりは図らずも、昇格を争う敵同士になったのだ。

それでも去年まではまだよかった。どちらも不本意なシーズンが続いていたから、いがみ合う前に、傷を舐め合うほうが先だった。

でも今年は違う。アルビも京都もどちらも強い。

僕は正直なところ、アルビの勝利を願うのと同じ熱量で、毎節、京都の負けを願っている。彼女もまた京都の結果と関係なく、アルビが勝つと不機嫌になる。おかげでここのところ夫婦関係がぎすぎすしてしょうがない。週末は互いにイラついたり、イラつかれたり、些細な口喧嘩も増えた。

結婚から五年。倦怠期といえば倦怠期なのかもしれない。

ゴミの出し方ひとつ、洗濯物の干し方ひとつ、サッカーのこと以外でも、相手の気にいらないところや嫌なところがやたらと目につくようになった。肌に触れる頻度も以前よりだいぶ少なくなり、最近はお互い、できるだけ顔を合わせないように生活している。マンションの部屋のインテリアは木目調の家具とモノトーンの小物で統一されているのだが、これは無駄な言い争いを避けるため、目につくところにオレンジと紫のものを置かないのがいつのまにか暗黙の了解になっただけのことだ。

五月の直接対決は、ビッグスワンで一緒に観戦した。

一緒といっても、僕も麻美も相手のゴール裏になんて死んでも行きたくないので、ここでも互いに妥協し、メインスタンドの隅の、アルビサポーターがいることにはいるけれどそれほど熱心に応援しているわけではなく、かつ、アウェイサポーターのブロックに近い、できるだけ中立な席を選んだ。

1対0での京都の勝利に、試合後の麻美はご機嫌だった。

そりゃあそうだろう。もう十年もこのカテゴリーでもがき続けている京都にとって、J1復帰は悲願だ。

「サンガはこっからどんどん勝つよ」

「まあ今年のアルビは勝ちすぎてるから、このへんで小休止ってとこかな」

「開幕ダッシュを決めたチームって、だいたい途中でバテるよね」

「うるせえよ、一試合勝ったくらいで調子のんなよ」

「たぶんね、これからズルズル下がっていくよ、アルビは。くくっ」

そう言われてカチンときた。一瞬、離婚したいと思った。次の週末の試合でアルビが勝つまで、僕は麻美とひとことも口をきかなかった。ときどき考えることがある。今、僕ら夫婦をつないでいるものはいったい何なのだろう。


サンガスタジアムでの再戦は、京都の一点リードのまま前半を終えた。寝室からにこやかに出てきた麻美は、軽やかな足どりでトイレに入り、戻って来るなりリビングにいる僕の顔をドヤ顔で覗きこんだ。

「何だよ、その顔」

「昇格、いただきました。ごちです」

「まだわかんねえよ」

「しばらくJ2、楽しんでね。あははっ」

頭にカッと血が上るのがわかる。このまま負けたら、彼女の態度いかんでは今度こそ本気で離婚を切り出してしまうかもしれない。ああムカつく。

後半がはじまると、文字通り手に汗握る一進一退の攻防が続いた。どちらのプレーも気持ちが入っていて、熱い。球際が激しい。

京都のペナルティエリアに果敢に切れこんだ藤原奏哉が相手選手と交錯して倒れたとき、同点PKを確信した僕はソファの上で腰を浮かした。

が、主審の笛は鳴らない。

「おいっ！」思わず声が出る。

画面ではアルベルト監督も顔を真っ赤にして怒っている。僕は溜まりに溜まったイライラをクッションと一緒に寝室のドアに投げつけた。

「ふざけんな！今のPKだろっ！」

「はあーーー？あんなの全然PKじゃないし！馬鹿じゃないの？」

ドアのむこうから麻美のわめき声が返ってくる。

「転べばPKもらえると思ってる時点でレベル低いよね！」

まじでムカつく。絶対に離婚してやる。こうなったらアルビが昇格した瞬間に切り出してやる。いや、京都の自力昇格がなくなったタイミングを見計らって、あらかじめ用意した離婚届を叩きつけてやる。

ゲームそっちのけでそんなことを考えていたら、その五分後、高木善朗のシュートがGKの手を弾いて、京都のゴールの中に転がった。同点。

「うおっ！　よっしゃーっ！」

拳を思いきり握り、寝室に向かってもう一回叫ぶ。

「っっっしゃーーーっ！」

ものすごく気持ちよかった。ドアのむこうからは何も聞こえてこなかった。


白熱した試合は、結局、互いに勝ち点1を分け合って終了した。

膝に手を当てる選手、その場に倒れこむ選手、ピッチ上の選手全員が力を出し尽くし、疲れ果てていた。そして見ているほうも疲れ果てていた。

DAZNのアプリを終了してスマホをテーブルに置き、ひとつ大きなため息を吐くと、寝室のドアが開いて、たった今フルマラソンを走りきったばかりのような顔の麻美が出てきた。

「うち、まだアルビより上だし」

「何言ってんの、勝ち点並べば得失点差は圧倒的にこっちだから」

「並べば、でしょ。並んでないし」

「時間の問題だけどね」

それがそれ以上の言い合いや喧嘩に発展しなかったのは、互いにドローの結果をよしと考えているからだ。ふたりとも、勝てなかったのは悔しいけれど、負けなかったことに安堵している。とりあえずこれで突発的な離婚も回避である。

「あー、めっちゃお腹空いたんだけど」麻美が言う。

「飯、どうする?」

「ごめん、私これから作る元気ない」

「じゃあ食べに行こうか。なんかすげー疲れたからビール飲みたい」

「いいね。でも私はお酒はやめとく」

「お、珍しいね。どうした?」

「うん、まあ、ちょっと」

十分後、支度をしてマンションを出るときには、さっきまでのピリピリした雰囲気が嘘のように、お互い、普段の表情に戻っていた。

やはり今夜の試合は引き分けで満足なのだ。自分のチームの結果に納得できれば、相手の健闘をたたえる余裕も自然と生まれてくる。

「でも京都は底力あるね。強かったよ」

「ありがと。アルビもやっぱ去年までと全然違うね」

「今年、せめて昇格プレーオフがあればよかったのに」

「わかる。ほんとそう」

「ジュビロ、急に失速してくれないかな」

「だよねー。でもジュビロは強いよ」

他人が見れば、なんなんだこの夫婦、と思うだろう。

「麻美、ちゃんと鍵かけた？」

「うん、大丈夫」

「そのトートバッグ、俺が持とうか？」

「あ、ありがと。お願い」

そんないつもの何気ないやりとりで歩き出し、僕はふと思った。

夫婦の生活というのは、どちらが勝つでも負けるでもなく、こんなふうにずっと勝ち点を分け合っていく感じなのかもしれない。勝てる試合でも、勝たない。負け試合でも、負けない。引き分けをずっと続けていくのが長く続けるコツなのかもしれない。

「で、どこ行く？」

「こないだ行った駅南のバルは？」

「あー、いいね。そこにしよ」

「でもあれ、ＰＫだったよな」

「いやーどうかな、微妙だよね。とらない審判もいるよ」

「絶対ＰＫだったって」

「あのね、赤ちゃんできたみたい」

「えっ」

思わず立ち止まり、麻美の顔を見つめる。彼女も目を丸くして僕を見上げる。

「え、まじで？」

「まじで」

「いつわかったの？」

「昨日、午後仕事休んで産婦人科行ってきた」

「男？女？」

「まだわかるわけないじゃん。こんなちっちゃいもん。どっちがいい？」

「どっちがいいとかいきなり言われても」

「まあそうだよね」

「無事に産まれてくれれば、どちらでもいいですよ」

「うん、私も」

「とりあえず、ジュビロサポじゃないといいね」

「あはは、それ大事」

麻美が右手をグーにした。試合後の選手たちがそうしていたように、僕も自分の拳をぎゅっと握り、彼女の拳にこつんと当てる。

その夜、僕らはお気に入りの店のカウンターに並んで腰かけ、ビールとジュースでささやかな乾杯をした。お腹の中の子がこの世界にやってくるとき、Ｊ１に昇格しているのは、はたしてどちらのチームだろう。

恋はアルビで回っている

2021.8.9

MY LOVE DEPENDS ON ALBI

The 24th section of the J. League Division 2
Albirex Niigata 2-2 Omiya Ardija

地球が太陽のまわりを回るのにあわせて、この世の中のすべてが動いているように、アルビにあわせて、私の恋は動いています。

私が生まれてはじめて男性からデートに誘われたのは、今年のＪ２の開幕日のこと。土曜出社で出勤し、自分のデスクで伝票整理をしていたときでした。

パソコン画面の隅にＤＡＺＮを立ち上げ、イヤホンをつないでこっそりアルビの試合経過を確認していたら、突然、背後からとんと肩を叩かれました。

てっきり勤務態度に厳しい部長だと思い、慌ててウィンドウを閉じて振り向いたところ、そこに立っていたのは部長ではなく、普段ほとんど交流のない生産管理部の背の低い地味な男性社員——名前を思い出すのにもちょっと時間がかかる——神田さんでした。

「あ、あの、海本さん」

「は、はい、何でしょうか」

「あの、勝ってますか?」

「へ?」

「だからアルビ、ど、どんなでしょう?」

「あ、勝ってます勝っています」

一瞬、勝っている、という現在進行形の表現が「勝つ」という動詞の扱い方としてふさわしいのか疑問に思いましたが、私は反射的に答えました。

すると神田さんは言ったのです。

「あ、あの、チケットが一枚余っているんですけど、来週のホーム開幕戦、ご、ご一緒しませんか」

聞けば彼もアルビの熱心なサポーターで、どこでどうやって手に入れたのか、それは十年以上ビッグスワンに通い続けている私でもいまだに縁のないプレミアム指定席だというではありませんか。

「わかりました。お供します」

私は即答しました。本当はEスタンド二層一列目の指定席をすでに購入済みで、そこからの眺めを楽しみにしていたのですが、プレミアム、の言葉の響きにはさすがに勝てませんでした。

「でも、私なんかがご一緒して本当によろしいんですか？」

「か、海本さんはアルビサポさんだと社内では有名なので、喜んでいただけたらと思って。ぼ、僕もせ、せっかくなら、アルビが好きな方とご一緒できたらと思ったものですから」

そして、私はふと思ったのです。

おやおや、これはもしかして、デートのお誘いというやつではないか。

学生時代から、私は周囲から「ちょっと変な子」と言われ続けてきました。なんか仲良くなりづらい。口調が変。そもそも誰に対してもいつも丁寧語なのがおかしい。華やかな女子のグループからははじかれ、男子からもまったく相手にされない、常に教室の隅でひとりでいるメガネの女、それが私です。異性との交流など、会社の仕事と、買い物のときに店員さんとやりとりをする以外ではほとんどありません。スーツ姿のキリッとした大人の男性が笑顔で近寄ってきた場合、それはだいたい、何かしらの勧誘です。

変、という字と、恋、という字は似ています。私は、自分が変であることがよく理解できないように、恋というのもよくわかりません。でも、私なりに憧れはあります。これまでの人生、一度たりともその機会には恵まれませんでしたが、映画やドラマで描かれる恋愛模様に、あるいは私が個人的に愛してやまないａｉｋｏやあいみょんの歌の歌詞に、理想の自分の姿を重ねたことは何度もありました。

神田さんは私よりひとまわり年上の三十九歳で、阿賀町出身、乙女座のＢ型。痩せ型でかなり控えめなタイプです。彼が女性の社員と親しげに会話をする場面を、私はこれまで一度も見たことがありません。もちろん独身です。

神田さんと並んで試合を見たその日、ビッグスワンのプレミアム指定席で私は再び彼に誘われました。

「あ、あ、あの、これからもホーム戦、い、い、一緒にどうですか」

恋愛関係のはじまりのようなものを予感した私は、翌日、会社帰りに近所の書店に立ち寄って恋愛指南本をいくつか立ち読みし、念入りに検討して決めた一冊を購入しました。

その本にはこう書いてありました。三度目のデートで告白もしくはキス。それを読んだ途端、試合に誘われるまでその存在を気にもとめていなかった神田さんのことが、急に私の頭から離れなくなりました。

そして実際、三度目のホーム戦を一緒に見に行った帰りに、私は彼から告白されたのです。スポーツ公園第三駐車場の、神田さんの車の中で。

「ぼ、ぼぼ僕はアルビが好きですが、ああああなたのことも好きです。つ、つっ、付き合っていただけませんか」

「わ、私でよろしければ」

それは東京ヴェルディに7対0で圧勝したあの日でした。きっと、開幕五連勝のアルビの勢いが、私たちをくっつけたのです。

これはもしかして、アルビの運気が私の恋愛運にそのままリンクしているのではないか。私はその日、そう感じました。特別なことなんて何もしていないのに、人生が急に鮮やかに色づきはじめたのです。きっとそうだ。そうに違いない。

アルビを応援してきてよかった。心からそう思いました。

これは、まさにその果報であると。もしこのままアルビが首位を快走し、秋に

Ｊ１昇格が決定したら、いよいよ神田さんからプロポーズされるかもしれない。私はそこまで妄想を膨らませました。

しかしシーズンは長く、恋の道もかんたんなものではありませんでした。アルビの連勝中、私は、恋をしている私、というものに大いに満足をしていたのですが、ゴールデンウィークを過ぎ、アルビが松本山雅と引き分け、町田に今季初黒星を喫したあたりで、ふと、この恋愛関係において、精神面以外での進展のようなものがまだ何もないことに気づいたのです。

私たちのデートはといえば、
①試合のある日に彼が駅まで車で迎えに来てくれる
②一緒に試合を観戦する
③また駅まで送ってもらって別れる
ただそれだけでした。接吻はおろか、手をつないだことすらありません。肉体的な交流はといえば、売店で購入した食品のプラ容器を手渡しするときに何度か指先が接触した程度です。私たちはＥ．Ｔ．ですか、と。

付き合って一ヶ月が過ぎ、二ヶ月が過ぎようとした頃、私はじりじりしはじめました。そろそろ彼の部屋に誘われてしかるべきではないか。

神田さんはアパート暮らしですが、私は実家暮らしなので、いくら私のほうから誘いたくても、還暦過ぎの両親と祖父母がのんびり平穏に暮らしている自宅に突然見ず知らずの中年男性を連れこみ、事に及ぶというわけにはいきません。そもそもどのように男性を誘えばよいのかわかりません。

やはり、ここもアルビの力を借りねば。

大一番のホーム京都戦で勝てばいやおうなしに盛り上がって、そのあと……。

しかし期待したその京都戦、ご存じの通り、アルビは完封負けを喫し、開幕から十四試合守り続けていた首位の座を京都に明け渡してしまいました。

「ここから仕切り直しですね」

帰りの車で神田さんは言いました。それがアルビのことか私たちの恋のことかは知りませんが、まあ、おそらくアルビのことでしょう。

七月、Jリーグは一年遅れの東京五輪のため、中断期間に入りました。

我が社は夏が繁忙期ということもあり、ふたりとも休日出勤で忙しく、私たちのデートもいったんお休みになりました。アルビも恋もいっときの勢いが衰え、しばらく現状維持、という感じでした。

空気を読むことに鈍い私でも、さすがに微妙な空気というものを感じはじめました。アルビは本当に昇格できるのか。そして神田さんは本当に私のことが好きなのか。ふたつの問題が私を大いに悩ませます。

八月、リーグ再開の大宮戦、久しぶりのデートに、私は気合いを入れて浴衣姿で参上しました。例の本に書いてあったのです。夏の勝負デートはオトナな浴衣姿でいつもと違うムードを演出してネ♡、と。

アルビは前半から大宮を圧倒しました。

前半に先制し、後半に追いつかれたものの、このまま引き分けかと思われたアディショナルタイムに、谷口海斗の劇的なゴールで大宮を突き放すことに成功しました。

「うおおーっ！」

「やりましたね！」

「やりました！」

その場に立ち上がり、ふたりで拳を天に突き上げました。すると突然、はじけんばかりの笑顔で私のほうを振り向いた神田さんが、ハイタッチの直後、腕を伸ばして私の肩をガッと抱いたのです。

ほっ、ほほほ、抱擁っ⁉

彼の腕の中で戸惑いつつ、私は確信しました。これは！いよいよ！

ところが、です。その数十秒後、ちょっと目を離したすきに、大宮の同点ゴールが決まってしまったのです。

えっ、えっ、ええっ、と呆気にとられているうちに、試合終了。

ビッグスワンは静まりかえり、私はその場に立ち尽くしました。

振り向くと、さっきの笑顔は何だったのか、神田さんの顔からは表情が完全に消え失せていました。

帰りの車の中で、神田さんは珍しく怒っていました。

「何度こんなことを繰り返したら気が済むんだろう。たった一分を守りきれないで、何がJ1だよっ。昇格する気あんのかよっ」

私は泣きたくなりました。これでは順位も上がらないし、恋の進展も望めそうにありません。

アルビのことも、神田さんのことも、こんなに好きなのに、どうしてうまくいかないのでしょう。私の恋はやっぱりアルビ次第なのか。アルビが調子を上げてくれないと、そのうち私たちの関係も……。そんなやるせない気持ちで、浴衣の裾をぎゅっと握りしめたときでした。私はふと思ったのです。

もしかして、私たちがアルビにあわせているのではなくて、アルビが私たちにあわせているのではないか、と。

逆転の発想。ものすごく勝手な思いこみです。

でも、そう考えてみると、もしこの恋を進展させることができたら、逆に、私たちがアルビを救えるかもしれないではないですか。

信号待ちで車が止まったとき、私はぽつりと口にしてみました。

「これから、どうなっちゃうんでしょうか」

「まあ、でも、こっからですよ。これがいい薬になって、これからチームがもっと強くなってくれれば」

彼はアルビの話をはじめます。いえ、と私はそれを遮りました。

「それもそうですけど、そうではなく、私たちの話です」

「えっ」

彼が私を見つめました。

「私、今日、思いきって浴衣を着て来ました。髪も切りました」

「あ、は、はい」

「メガネをしていないのは、忘れたのではなくて、コンタクトです」

「そ、それって……ハードレンズですか?」

「ソフトです」

「そうですか」

「……どう、ですか?」

「えっ、す、素敵です」

アルビのために、と思えば、勇気が出そうです。

私は知りました。勇気というのは、自分のためではなく、誰かのために何かをするとき、自然と湧いてくるものなのだと。

私は思いきって、シフトレバーの上にあった彼の左手に手を伸ばします。

そっと握るつもりが、加減がわからず、ガッとわし掴むみたいになってしまいました。

これはやりすぎ？　オフサイド？

経験がなさすぎてわかりません。

いいえ、わからないうちは、ゴールに向かって突っ走ればいいのです。サッカーと一緒です。私は息を吸いこみ、勇気を出して言いました。

「あの、今夜はもう少し、あなたと一緒にいたいです」

ここからの歌

2021.9.25

RADIO

The 31st section of the J. League Division 2
Albirex Niigata 1-0 Ventforet Kofu

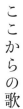

秋のはじまりがもの悲しいのは、空の高さや風の冷たさのせいだけではない。いつのまにか二位の磐田との勝点差が9に開いていた。

東京五輪によるリーグ中断前はその差が3だったことを考えると、下位相手に星を取りこぼし続けたことがどれだけのダメージだったかわかる。アルビが足踏みをしているあいだにライバルの磐田も京都も勝ち点を重ね、着実に昇格の足場を固めていた。

ああ、今年もやっぱりダメか。

もうひとつ、優亮にはせつないことがある。この秋の番組改編をもって、優亮がディレクターを務めるラジオ番組が終了する。

フリーアナウンサーの女の子がリスナーから届いたメールを読みながら雑談し、合間に優亮が選んだ流行りの曲を二、三曲流すだけの、ただの場つなぎのような短い番組ではあるものの、地元企業のスポンサーがついてかれこれ六年続いた。番組独自のＳＮＳのアカウントだってある。

「日曜日、アルビは東京ヴェルディとのアウェイ戦を３対１で快勝しました！　三戸選手の先制ゴール、まじやばかった！　さあ、ここからです！」

アルビの話題は、優亮が毎回台本に書き込んでいる。

「次はホームで甲府戦。川中島ダービーですね！　前回のアウェイ戦は勝てそうなところで勝てなくて引き分けでした。今度こそ気持ちよく勝ちましょう！　頑張れアルビ！」

これは、前向きにクラブを応援したい、ひとりでも多くの県民にアルビの話題に触れてほしい、という気持ちから優亮が自主的にやっていることで、首位を快走していた今年の春はかなり盛り上がった。パーソナリティの萌ちゃんも、優亮の影響ですっかりアルビのファンになった。

「いやー、でもこの勝ち点の差はまじ、キツい」

その萌ちゃんにしても、先週の収録後は、「もう無理っすよね」と台本にぶーたれていた。

「次の収録でいよいよ終わりかあ。優亮さん、最後はバシッといい感じに締めましょう。最終回だし、週末アルビが負けたら、もうアルビの話題は触れなくていいんじゃないですか？」
「うーん、そうだね……」

もの悲しい秋だというのに、西日を正面から浴びるバックスタンドはまだ夏のようで、長袖シャツに汗がにじむ。独身で恋人もなく、一緒にサッカーを見に行く友達もいない優亮は、ビッグスワンで試合がある日、こうしてひとりでバックスタンドの自由席に通い続けている。

この場所では、できるだけサッカー以外のことは考えないようにしている。選手のプレーを純粋に楽しみたいからだ。でも今日の甲府戦はどうしても、勝ち点で並ぶライバル相手の大事な試合に集中できない。将来の不安が暗雲のようにたれこめ、ピッチを見る目がいつのまにか霞んでしまう。

番組が終わる理由は単純だ。ついにスポンサーが降りたのだ。

長引く不景気でもう番組を支える体力がないという話を、局の営業から聞かされた。冷静に考えてみれば、もっと前に終わっていてもおかしくない番組である。

むしろここまで続けてもらったことに、優亮は感謝している。

それにしてもこんな番組、いったい誰が聴いているんだろう。

収録のたびに、優亮はずっとそのことを疑問に感じていた。限られた予算しかないから有名人は呼べないし、これといって目をひく企画もない。スマホで世界中の音楽が聴き放題のこの時代に、ラジオで流行りの歌を聴いて喜ぶリスナーがはたしてどれだけいるだろう。

萌ちゃんと一緒にスポンサーの商品を持ってPRするSNSも、「いいね」の数はどんどん減っている。四十を過ぎたおっさんのディレクターと、とりたててルックスがいいわけでなければもう見た目ほど若くもない、明るさだけが取り柄のパーソナリティのツーショットに、需要なんてあるはずがなかった。

打ち切りになって当たり前だよな……。

この番組がなくなると、フリーランスで活動している優亮のラジオの仕事はすべてなくなる。かつては週に四本のレギュラーを抱えていたが、これでいよいよ局との縁も切れるかもしれない。

スコアレスで前半を終了すると、優亮はあまりの暑さに耐えきれず、席を立ってスタンド裏の日陰の通路に出た。
スマホを手にとり、他会場の試合経過を気にしながら、二週間前に学生時代の友人から届いたメールを開く。
《——というわけで、じゃあ、返事待ってるから。よろしくね》
友人の勤めるウェブの制作会社が、近々、ドローンを使った動画制作の新しい事業に乗り出すという。人材を募集しているからよかったら社員にならないか、という誘いを受けているのだ。契約社員からのスタートだが、一、二年で正社員にしてもらえるらしい。
タイミング的には願ってもない話だった。ただ、仕事の内容を詳しく聞くと、最初のうちは企画書や見積書を片手に飛びこみ営業をさせられるという。数字のノルマもあるらしい。提示された給料は思っていたよりずいぶん安かった。
《営業じゃなくて、作るほうの仕事はできるのかな》
《いや、それは難しいな。制作スタッフは間に合ってるんだ。今うちで足りないのは営業なんだよ》
《ちょっと考えさせて。時間をください》

優亮には、ものを作る側の人間としての矜持がある。これまで二十年近く、制作の現場で働いてきた。担当した単発の番組が、全国のラジオ番組を対象にしたコンペティションで賞をもらったこともある。

なのに今さら営業だなんて――。

三十になる少し前、優亮には本気で結婚を考えた人がいた。でもフリーランスの不安定な働き方に、相手も、そして優亮自身も怖じ気づいて、結局、結婚には至らなかった。

転職を考えないことはなかった。実際にいくつか面接も受けてみた。それでも最終的に優亮が優先したのは、安定した職業を選ぶことではなく、ラジオ制作の現場に残ることだった。いい番組を作りたい。誰かの心に何かを届けたい。その、胸の中にたぎる、熱い気持ちが何より大事だった。

でも今、優亮ははっきりと自覚している。自分には人よりも優れたものを作る才能なんてない、ということを。

番組終了が決まっても、萌ちゃんは明るい。

「ねー優亮さん、次は一緒に動画でもやりませんか?」

「動画？」

「アルビの話でも、音楽の話でも、何でもいいと思うんですよ。なんなら新潟のグルメレポとか、ディープスポット探訪とかでもいいし」

再生回数を稼げばお金になる、バズればそれで食える、と。

「でも私、ほんとは歌手になりたかったんですよねー。優亮さん、パソコンで曲作ってくださいよ。アニソンみたいなやつ、できるでしょ？」

「いいよ、デビューしちゃう？　ユーチューブとかで流して、音源はどっかの配信サイトで売って」

「やるやる、絶対やる！」

でも会社員になれば、そんな時間はとれないだろう。それに曲を作ったところで、ただ配信してそれきりだ。

きっとどこかで誰かが聴いてくれる。誰かが心を動かしてくれる。

そう信じることが、優亮にはもうできない。

ピッチがメインスタンドの影で覆われた後半、アルビの不甲斐なさに、優亮はマスクの中で大きなため息を漏らした。

選手が一生懸命に頑張っているのは見ればわかる。でもいくらパスをつないでもいっこうに得点を奪えない。奪える気配すらない。選手たちもそのもどかしさを抱えながら走っている。優亮はその気持ちが痛いほどわかる。

どんなに予算がなくとも、ギャラが安くとも、少しでもいいものを作ろう、届けようと思って必死にやってきた。いつか評価される。いつか、わかってもらえる。そう信じてきた。でもその結果が、これだ。

アディショナルタイムが近づき、もう試合の残り時間は少ない。

このままアルビが甲府と引き分け、ナイトゲームで京都と磐田がそれぞれ勝利すると、昇格圏の二位との勝点差はいよいよ二桁に広がる。今年もJ1参入のプレーオフはない。

もう、崖っぷちだ。というか、無理だ。

それでも自分は週明けの最後の収録で萌ちゃんに「まだまだこれからです!」なんて言わせるんだろうか。「みんなの応援で奇跡を起こそう!」なんて台詞を台本に書き込むのだろうか。

きっとやるだろう。でも、それが本当に誠実な応援か？　そんな番組が、はたしていい番組か？　本気で応援しているなら、本気で勝ってほしいなら、もっと違う言葉を探すべきなんじゃないか。厳しい言葉を選べない俺は、いったい何のために、誰の機嫌をうかがっているんだ。

ポケットでスマホが震えたので見ると、友人からだった。

《仕事の件なんだけど、明日くらいまでに返事もらっていいかな。人事の担当が求人広告出すかどうか迷っててさ、早く決めてくれってうるさいんだ。社長からもせっつかれてるから、悪いんだけど早めによろしく！》

ためらいつつ、優亮は返信のマークを押し、返事を打ち込む。

答えはもうとっくに出ていた。

《待たせてごめんな。お前んとこに世話になるよ。体力だけはあるつもりだから、こき使ってくれ》

でも、送信マークがなかなか押せない。胸の中の自分自身が言う。

お前、頑張ったよ。もういいじゃないか。もう、あきらめろよ。

もうひとりの自分自身が言い返す。

これで終わりか？　今までお前がやってきたことは何だったんだよ。あきらめたらそこでみんな本当に終わりだぞ。

その言葉をごくりと飲みこむために顔を上げたときだった。

視線の先に、ロメロ・フランクがいた。

そこはペナルティエリアの中、甲府ゴールの真正面で、相手のディフェンダーは何人もいるのに、なぜかロメロひとりだけが完全にフリーだった。目の前に落ちてきたボールを、ロメロがインステップで思いきり振り抜く。

ボールが矢のように一直線にゴールに突き刺さった。

「うおおっ！」

優亮にはそれから数分間の記憶がない。

試合終了の笛で我に返ったとき、思った。こんなゴールを見たら、アディショナルタイムでこんな勝ち方をしたら――。

「ここからです！　ここから勝ち続けましょう！　奇跡を起こしましょう！」

優亮の耳に、萌ちゃんの声が聞こえる。

彼女にはやっぱり、明るい前向きな言葉が似合う。最後は彼女にふさわしい、未来を期待させる楽しい曲をエンディングに流して番組を締めくくろう。

そう考えながら、優亮はスマホのメールの文面を読み直し、そして、そのすべてを消去した。

帰り支度をして席を立ち、スタンドの階段を下りると、背後から不意に声をかけられた。立ち止まって振り向く。そこには若いカップルが立っていた。

何か落としものでもしたかと思ったが、それにしてはふたりともやけに目がきらきら輝いている。照れくさそうにもじもじしている。きれいな栗色の髪の女の子が優亮に一歩近づき、おそるおそるという感じで口を開いた。

「あの、もしかして、ラジオのディレクターの方ですよね」

「あ、はい、そうですけど……」

「いつも番組聴いてます！ 私、曲のセレクトがめっちゃ好きで。次が最終回って聞いて、死ぬほど残念です。またやってください！」

「あ、どうも……」

優亮はその場に立ちつくしたまま、ふたりがオレンジの人波に姿を消すまで、しばらく動けなかった。

こじれたシーパス

2021.10.23

SEASON PASS, DISAPPOINTED

The 35th section of the J. League Division 2
Albirex Niigata 1-2 Blaublitz Akita

今シーズンの開幕前、美帆はついにシーズンパスを買った。
新卒で今の会社に入って三年、基本給がようやく上がり、やっと懐具合に余裕が出てきた。
《今年はホーム全試合見に行こうよ》
《じゃあシーパス買っちゃう？》
《それ、いいかも》
同期入社の菜々子と盛り上がり、話の流れで一緒に申し込んだのだ。学生時代から長いことアルビを応援してきて、これがはじめてのシーパスである。
毎試合いちいち座席を選んだり、どちらかが場所取りをしたり、ふたりともそういうことに気を回すのが面倒なタイプなので、値段は少し高かったけれど思いきって指定席にした。もちろん並びのシートだ。
菜々子とは、入社してすぐのオリエンテーションで席が隣になったのが最初だった。互いの趣味の話になり、アルビが好き、と美帆が話したら、「私も行ってみたい」と菜々子が言うので、休みの日にビッグスワンに連れて行った。つまらない顔をされたら嫌だな、と少し心配したけれど、菜々子はスナック菓子をぼりぼり食べながら楽しそうに試合を見て、終わったあと、美帆に、「思ったより面白かったよ。また一緒に来てもいい？」と言った。

そのとき美帆は、あ、私この会社に入ってよかった、と思った。

同じ敷地内で働いてはいるものの、美帆は外回りの営業が中心なので、勤務時間の大半は会社にいない。菜々子はオフィスのある本社棟から少し離れたところの工場で製造の仕事をしている。ふたりは普段、昼休みに社員食堂でたまにすれ違うくらいしか交流がない。

スタジアム以外での会話はもっぱらＬＩＮＥだ。

《新加入の星くん、ちょっとやばい。思いっきり私の好みかも》

《私は断然、鈴木孝司ですけど》

《あれ、菜々ちゃん、島田譲じゃなかった？》

《今年から改宗しました》

サッカーの話は、イコール、好きな選手の話である。
《言っとくけど既婚者だよ》
《譲さんもそうでしたから》
《深入り厳禁　笑》
想像の中なら、サッカー選手とのどんな恋も自由である。

実際の恋愛はというと――美帆は、恋人が途切れないタイプだ。

入社してからの三年で、相手はこれまで四人変わった。今は池田くんという、企画事業部に所属する二年先輩の男と付き合っている。社内恋愛はあまりよく思われない会社なので、彼との交際は秘密だ。どこから漏れるかわからないから、美帆は同じ営業部の仲のよい女の子たちにもまだ話していない。菜々子にも――そのうち言おうとは思いつつ――内緒のまま付き合って半年が過ぎた。

一方で、菜々子はあまり恋愛に積極的なほうではない。他人の恋愛や社内の噂話にもほとんど関心を持たない。美帆が菜々子に恋人の有無を訊ねたのは、新入社員歓迎会で一緒に飲んだときが最初で最後だ。そのときの彼女の受け答えで、あ、この子、こういう話は苦手なんだな、と美帆は気づいた。

それ以来、美帆は自分の付き合う男が変わっても、菜々子にはその話をしないようにしてきた。菜々子の中では、自分は入社当時の恋人とまだ付き合っていることになっているかもしれない。まあそれはそれで別に、と思っていた。

その菜々子が、秋のはじめ、ビッグスワンで山形戦を観戦しているとき、横でぽつりとつぶやいた。

「なんか私、好きな人できたかも……」

「え、まじ？ 誰？ 会社の人？」

「……恥ずかしいから秘密」

「さては社員だな」

「やめて。詮索しないで」

「誰だよー。教えろよー」

「ちゃんと告白とかして、結果が出たら教えるよ」

菜々子はそう言って頬を赤らめ、話を切り上げた。このもじもじ具合は、かなり本気だ。というかこの手のタイプは本気の恋しかできない。

「わかった。私、応援すっから」

「うん、ありがとう」

「私にできることあったら何でも言って。ダブルデートとかもいけるよ」

「そのときはお願いします。でもとりあえずはそっとしておいて」

「わかったわかった。頑張ってね」


菜々子が好きな男とは、いったいどんな男だろう。気にはなっていたが、会社でもLINEでもビッグスワンでもその話題には触れず、ひと月が過ぎた。

十月の山口戦の勝利を見届けた帰り道、美帆は、そろそろ訊いてもいい頃合かな、と思って菜々子に探りを入れてみた。

「で、どお？　あっちのほうは進展あった？」

「えー、何もないよ」

懸命に首を左右に振る様子から、本当に何もなさそうだった。

「でも好きなら気持ち伝えなきゃ、何もはじまらないよ」

「そうだけどさ」

「一緒にご飯行くとかしてみたら？」

「うーん……。私、どうやって男の人にアプローチすればいいか、全然わかんないんだよね。ねえ、教えて。どうしたらいいの？ 美帆はどうやって彼氏と付き合ったの？」

「どうって、それはまあ自然に、っていうか、なりゆきっていうか。てか、そういうのはさ、そもそも人によるから。相手が誰かわからなきゃ対策も立てられないよ。いったい誰なん？」

美帆がしつこく訊ねると、お気に入りの鈴木孝司のゴールで試合に勝って機嫌がいいのか、菜々子は、えー、誰にも言わないでね、と恥ずかしそうにうつむき、顔を真っ赤にして、小さな声で白状した。

「企画事業部の、池田さん」

「えっ」

「池田さん、カッコよくない？」

「あ、え、うん、まあ。どうかな」

ごめん、それだけはダメ。だってその人、私の彼氏だから。

そのとき、その場ですぐにそう言えばよかった。というか、それ以外に正しい反応はなかった。でも美帆は、菜々子があまりにもきらきらと目を輝かせ嬉しそうに言うものだから、口に出すことができなかった。それどころか、

「池田さんは、そうだな……サッカーは好きじゃないけど、アクション映画が好きらしいよ。スパイものとか」

なんてつい余計な情報を口走ってしまった。

それからというもの、美帆は気が気でなかった。

あのとき正直に言えばよかったと何度も思い、いや、今からでも遅くない、ちゃんと会って直接説明しよう、謝ろう、と何度も考えたものの、実際に菜々子を前にすると何も言えなくなってしまう。

恋人が部屋にやってきたある夜、美帆は思いきって訊いてみた。

「あのさ、製造部の菜々ちゃんのことなんだけど」

「ナナ……ああ、本間菜々子さんのこと?」

「話したことある?」

「まあ、多少は」

「私、実はあの子とけっこう仲いいんだけど」

「そうなんだ。話したことあるっていうか、昨日話したよ。会社出るとき門のところにいて」

「え、え、どんな話した?」

「いきなり『007』の新作を見に行きませんかって誘われてさ」

「うそ」

「やんわり断ったら突然告白されたんだよね。びびった」

「え、え、それでどうした?」

「どうしたもなにも、いや、俺、彼女いるんで、って言ったよ。そしたらどんな人ですかって言われたから――」

「え、ちょっと待って」

「でもそれ内緒だから、って言って」

「あー、よかった」

「――美帆と付き合ってるって教えた」

「はあっ⁉ 何で言うの⁉ 会社では絶対口外しないし匂わせもしないって決めたじゃん！ 約束したじゃん！ 何してんだてめえ！」

「そんなに怒らなくても……」

「え、で、そしたら菜々子は？」

「目、まん丸にしてすげえ驚いてたけど、やっぱりそうなんですね、って言って帰ってった」

「……」

「え、俺、何か悪いことした？」


それ以来、菜々子から連絡が来ない。

説明しなくちゃ。謝らなくちゃ。美帆は、その週末、アウェイの長崎戦をDAZNで見ながら、菜々子にLINEをした。

《菜々ちゃん、試合見てる？ あのさ、話あるんだけど時間作れる？》

すぐに既読がついた。でも試合が終わっても週が明けても、返信はなかった。

月曜日、美帆は昼休みに社食に行って、菜々子の姿を探した。

菜々子はいつも通り、同じ部署の子たちと作業着姿で定食を食べていた。食事が済んで工場に引き上げるのを待ってから、美帆はそれを追いかけ、通路で菜々子を呼び止めた。

「菜々ちゃん、ちょっといい？」

菜々子は美帆に気づくと立ち止まり、左右の同僚にちらちら視線をやってからにっこりと笑って、「あー、美帆、ごめんねー。LINEもらってたのに返してなかったね」といつもの明るい声を返してきた。

でも、「ちょっと今いい？」と美帆が一歩前に出ると、手のひらでそれを制し、「ごめん、午後イチすぐにやらなきゃいけない作業あるんだ。また今度ね」

そう言ってくるりと背を向け、歩き出した。

「あのさ、アルビの――」

美帆が言いかけると、

「ごめーん、私、そういうの興味ないから」

菜々子はひらひらと手を振って、工場に戻っていった。

これは完全に怒ってる。何が何でも謝らねば。やばい。

慌てた美帆は、すぐに長い謝罪のＬＩＮＥを菜々子に送った。
《菜々ちゃんの口から池田さんの名前が急に出てきて、驚いてテンパってしまって何も言えなくて、本当にごめんなさい。実は私と池田さんは――》
でも、今度は既読すらつかなかった。

その週末の秋田戦、美帆は昇格争い崖っぷちのアルビの選手たち以上に悲痛な思いを抱えてビッグスワンに出かけた。菜々子に会ったら、スタンドで土下座する覚悟だった。

先発メンバーを紹介する場内アナウンスが流れるとき、いつものように大型スクリーンを見上げていたら、そばでシャカシャカとビニール袋の音がした。

これは近くのコンビニでいつもお菓子を買ってくる菜々子だ。そう思って、

「菜々ちゃん！まじごめん！」

両手を合わせて振り向くと、でも、そこにいたのは、見ず知らずの白髪交じりの太った中年のおじさんだった。

「え……」

「……あ、ども」

「……俺、何かしましたか」

「いや、あの、ここ、人来ますよ。指定席ですよ」

「いや、でも俺、この席譲ってもらったんで。ほらこれ」

見せてもらったチケットは、確かに菜々子の座席番号のものだった。

シーズンパスには、観戦に行けない試合の席を譲渡できるシステムがあることを、美帆ははじめて知った。

ああ、これはもうダメなやつだ。

池田くんの顔、鈴木孝司にも島田譲にも全然似てないのにな。

なんてことを思いながら、美帆はキックオフの笛を聞いた。

花火散る

2021.11.3

ORANGE FIREWORKS

The 37th section of the J. League Division 2
Albirex Niigata 0-1 Jubilo Iwata

おととしの夏、高校時代の同級生から新潟まつりの花火大会に誘われた。
《もしヒマだったら見に行かない？ 俺もその日ヒマでさ、せっかくだから花火見に行きたいと思うんだけど、一緒に行くヤツ誰もいなくて》
貴之のそのＬＩＮＥの文面は、忙しかったら断ってもらって全然構わないよ、という感じの、実に軽い誘い方だった。
《日曜だっけ？》
《そう日曜。有料の観覧席とかじゃないから、てきとーに車で行って、古町あたりにてきとーに車駐めて、てきとーに歩いて見ようと思うんだけど》
香苗は今、聖籠の実家で両親と暮らし、平日は近くの公共施設に勤めている。そもそもの出身は村上で、友達と遊ぶときでも県北エリアから外に出ることはほとんどない。花火大会は夜だし、新潟市内には友達も知り合いもあまりいないから、車で移動して人通りの多い場所さえ避ければ誰かに見られることも誰かと出くわすこともないだろう。そう考えて、誘いに乗った。
《いいよ、じゃあ私が車出すよ》
《サンキュ。俺、古町ぶらぶらしてるから、どっかで拾ってもらえれば》
《オッケー》

高校時代、貴之はサッカー部の副キャプテンだった。

強いチームではなく、むしろ弱小チームの部類だったけれど、ゴールキーパーの貴之はいつも誰よりも大きな声を出し、仲間を鼓舞して頑張っていた。監督や仲間からいじられる愛されキャラでもあった。

サッカー部のマネージャーだった香苗は、一年のときから、そんな彼に密かに想いを寄せていた。いつか告白しようと思いつつ、でも失敗して気まずくなるのが怖くて、三年の選手権が終わって部活を引退しても、卒業しても、それはずっと秘密のままだった。

大人になって貴之と再会したのは、たまたま立ち寄った関川の道の駅でのことだった。ふたりとも三十歳になっていた。

「わ、久しぶり。貴之じゃん！」

「おー、カナ！ 元気？ なんか髪伸びたね」

「いや、十八からずっと伸ばしているわけじゃないから」

「カナは今どこいんの？」

「うち、実家が聖籠のばーちゃんちに引っ越してさ、そこで家族と住んでるよ。貴之もこっちにまだいるの？」

「いや、俺は新潟市内。今日は村上の実家に顔出して、その帰り」

彼は新潟市の西の外れに、三十五年ローンで家を買ったばかりだという。

そのとき香苗は、再び貴之に恋をしようだなんてこれっぽっちも思っていなかった。そもそも家を購入したことからわかるように、彼は既婚者だった。左手の薬指にはシルバーのリングが光っていた。同窓会でもなければ、もう顔を合わせることもないだろう。そのときはそう思った。とりあえず懐かしい友達と再会したときのマナーとして、連絡先を交換しただけだった。

なのに、香苗はそれからしょっちゅう貴之とＬＩＮＥで連絡を取り合うようになった。たいした用もないのに、二、三日おきに、

《そういや貴之、こないだのワールドカップ見てた？》
《見てたよ。ベルギー戦、あの最後のゴールは声出たよね》
《私も。でも、キーパーが川島じゃなくて貴之だったら止めてたかなって思ったりしたよ》
《いやいや絶対無理だから。あの距離でフリーでシュート打たれたら無理》
《ですよね》
そんなやりとりをするようになった。
花火大会の夜、ふたりは予定通りに古町で落ち合い、川べりから少し離れた市役所の近くの駐車場に車を駐め、コンビニで買ったノンアルコールビールを飲みながら空を見上げた。
「なんかカナとこうして並んでると、選手権で負けたときのこと思い出すよ」
「あーそうだね、貴之、隣にいたもんね」
三年の最後の試合、貴之は直前の練習で手首を怪我して、他の控えメンバーと一緒にベンチに座っていた。

代わりに出場した後輩のキーパーが失点を重ねるのを歯を食いしばって見つめながら、努めて気丈に振る舞い、ドンマイ、ドンマイ！　顔上げろ！　とピッチの選手たちを明るく励ます姿に、香苗は胸が痛んだ。

この試合のために貴之がこれまでどれだけ練習してきたか、副キャプテンとしてチームのために頑張ってきたか、そのすべてを見てきたから、彼のつらさはよく理解できた。試合が終わったときにベンチの隅でうずくまって彼が流した大粒の涙を、香苗はけして忘れない。

「私、もし貴之が出てたら、あの大会は準々決勝くらいまで行けたと思う」

「いやどうかな。俺が出てても結果は同じだったよ」

「プロのスカウトとかに見てもらえたかも」

「いや、俺じゃ無理だって」

花火を見上げながらの懐かしい思い出話は、そのうち互いの近況報告へと移っていった。

貴之は結婚五年目。でも彼の奥さんは出張の多い仕事で、せっかく家を建てたのに一年の半分は別居状態だという。

「なんかね、上手くいってないんさ」

夫婦の会話なんてほとんど事務的なことばかりで、もう夜の営みもないから、子どもはあきらめた。彼は苦笑いしながら香苗にそう愚痴った。

「結婚って何なんだろうな」

「私はまだしたことないから何も言えないけど」

「気持ちが離れていくのって、どうしようもないよな」

「まあ、私の友達も同じようなこと言ってる子がけっこういる。離婚しちゃった子も何人かいるし。離婚っていろいろ大変らしいよ」

「うん、身に染みてわかるよ、それ」

香苗は複雑な気持ちでその話に相づちを打ち、それならばと思い、言ってみた。

「やっぱり花火はいいよね。来年も、私、ここで花火見たいな」

香苗にとってはささやかな告白のつもりだった。高校時代に言えなかったことを口にして、彼の気持ちを試してみたかった。

でも彼から返ってきたのは、とんちんかんな答えだった。

「うん、この場所いいよね。かなり穴場だよ。車も駐められるし」

香苗は、だね、と曖昧に応じて、やっぱり変なことを考えるのはやめておこうと自分に言い聞かせ、その手の話はそれで切り上げることにした。

「花火って、いいよなー」

「そうだね、きれいだね」

どん、どん、と腹に響く音とともに夜空に咲いて一瞬で散っていく色とりどりのスターマインを見上げながら、香苗はそのとき、花火というものの美しさと儚さを、三十年生きてきてはじめて知った気がした。

やっぱり変なことを考えるのはやめておこう。
そう思ったはずなのに、花火大会の数日後、香苗は花火に誘ってもらったお返しを口実に、貴之をビッグスワンに誘っていた。
《え、アルビ?》
《うちの実家、聖籠に引っ越したって言ったでしょ。アルビのクラブハウスがけっこう近くて。だから応援してるの》
高校時代のときと同じように彼とサッカーの話ができたら楽しいかも、と思ったのだ。そして一度そう思ったら、声をかけずにはいられなくなってしまった。
《へー、いいよ。サッカー、生で見るのすげえ久しぶり》
《いつ以来?》
《いやそれこそ、高校の部活以来かも》
最初はSスタンド二階のゴール裏にふたりで並んで座った。そこがいちばん観客の少ない地味なエリアだと思ったからだ。でも大型スクリーンに注目する他のエリアからの視線と、人がまばらな場所にいるカップルほど余計目につくという事実に気づいてからは、バックスタンドの後方に場所を移した。
幸いなことに、貴之の知り合いにも彼の奥さんの知り合いにも、毎試合ビッグスワンに通い詰めるほどの熱心なサポーターはいなかった。
それから月に一度か二度のペースで、ふたりは週末、ビッグスワンで待ち合わせるようになった。試合後、香苗の運転する車で鳥屋野潟のホテルに入るようになるまで、それほど時間はかからなかった。
「アルビ、来年こそはJ1に上がれるかな」
「そのために応援してるんだよ」

「じゃあ、俺も本気で応援しよっかな」

「ビッグスワンでイニエスタ見たくない？」

「あ、それ見たい。ぜひ見たい」

「スタジアムでサッカー見るのって、やっぱ楽しいよね」

「うん、なんか俺、アルビのこと好きになれそうだ」

それが花火の夜のささやかな告白に対する彼の答えだと、香苗は勝手に思うことにした。

「アルビもいいけど、来年もまた一緒に花火見に行きたい」

「だね。行こう」

しかし翌年、新型コロナウイルスの猛威によって世界は大きく変わり、各地でイベントが軒並み延期や中止に追いこまれた。Ｊリーグも中断した。新潟まつりの花火大会も、当然のようになくなった。


香苗と貴之の関係は何も変わらないまま、再会から二年が過ぎた。

今年も花火大会は開催されず、アルビはＪ２で戦っている。

いつのまにか香苗は待つようになった。花火でもJ1でもなく、貴之が奥さんと別れてくれることを。でも自分からそれを口にすることはできない。

「ねえ、貴之、早く奥さんと別れてよ」

そんな台詞を口にしたら、このあやふやな関係があっというまに壊れてしまう。それが怖い。結局、高校時代と一緒だ。

でもこのままじゃ――

新型コロナの第五波がようやく収束しつつあった秋のある日、香苗は貴之にLINEでメッセージを送った。

《今度、アウェイ戦の遠征に行ってみない？ ドライブして紅葉見て温泉とか。私、運転するよ》

《あー、温泉いいね。サッカー見て温泉入ってうまいもん食ってとか、めちゃ最高じゃん。仕事のスケジュール見てみるよ》

すぐに前向きな返信があった。よし、この旅行で一歩踏みこんでみよう。彼の気持ちを確かめよう。香苗はそう決めた。

ところが、その翌日だった。

香苗のＳＮＳのアカウントに、見知らぬフォロワーから画像が一枚送られてきた。どこかのカフェの店内でスマホで撮影されたらしいその画像に写っていたのは、新潟市の母子健康手帳の表紙だった。

「保護者の氏名」と印字された欄に、貴之の名前と彼の奥さんの名前が並んでいた。画像以外、テキストのメッセージは何もなかった。


十一月の磐田戦、ビッグスワンから見下ろす秋晴れのスポーツ公園は、紅葉が実に美しい。首位との大一番、しかも祝日とあって、サポーターの数も普段より多く、盛り上がっている。

貴之とはいつものエリアで待ち合わせた。彼はビール片手にやってきて、香苗を見つけるなり小さく手を振り、にっこり頬笑んだ。奥さんにスマホを覗かれていることなんて、気づくどころか疑いもしない、間の抜けた男の、間の抜けた顔だった。

試合中、いつこの話を切り出そうかと考えていたら、貴之が先に口を開いた。

「ごめん、最後の町田戦のことなんだけどさ」

「うん、どうした?」

「カナと一緒に見るつもりだったけど、俺、もしかしたら来れないかもしれない。

ちょっと用があるんさ」

ビッグスワンでのゲームは残すところあと二試合。ふたりの次の約束は、ホーム最終戦となる町田戦の予定だった。

「え、何で?」

「いや、ちょっと仕事入っちゃって」

喉まで出かかった言葉を、香苗はぐっと飲みこんだ。

予定日だから、じゃなくて?

好きな人の口から下手な嘘は聞きたくなかった。でも貴之はその嘘をさらに塗り重ねようとどんどん饒舌になっていく。

「最近忙しくてさあ。ごめん。だから俺の今シーズンは今日でおしまい。でも最後くらい勝ってほしいよなあ。まあ、今年はダメだったけどさ、来年の今頃は一緒に昇格までのカウントダウンができるといいよね」

「うん、そうだね」

「それにはもっとクラブに補強してもらわなきゃ。俺的にはやっぱ前線もそうなんだけど、ウイングにレギュラークラスがひとり。あと高木善朗だけじゃキツいから、トップ下のバックアップも、あと――」

うん、うん、と相づちを打ってから、

「でも私、来年もここでアルビの応援してるのかな」

香苗がつぶやくと、

「え？ 何言ってんの」

貴之は不思議そうな顔をした。

「来年もここで一緒に見ようよ。カナのおかげで、俺、すっかりアルビのこと好きになっちゃった」

「それはよかった」

好きになった、か。アルビを好きになった、か。

それはよかった。なによりだ。

で、私のことは？

ピッチに入場してきた選手たちが、記念撮影とウォーミングアップのパス回しを終え、自陣の中央で円陣をつくる。ホームゲームだからアルビの選手は上下ともにオレンジのユニフォームである。

香苗はひとつため息を吐き、祈るように目をとじた。

もうすぐ父親になるんでしょ。そのうち――っていうか、もうすでにかもしれないけど――私のことが邪魔になるんじゃないの。だったらその前に終わろうよ。終わらないと、終わりにしてくれないと、私、おかしくなっちゃいそうだよ。もう今日でおしまいにしよう。だから選手の皆さん、どうか今日、勝ってください。磐田に勝って、私のこの、クソみたいな男とのクソみたいな恋の記憶を、少しでもましなものにしてください。

願いをこめて目を開けたとき、あの夜見た花火と同じ儚さで、オレンジの光が鮮やかに芝生の上に散らばった。

最後のアウェイ旅

2021.11.7

OUR LAST GAME

The 38th section of the J. League Division 2
Matsumoto Yamaga F.C. 1-1 Albirex Niigata

Ｊ２に落ちて四年目の今年もまた、昇格を逃した。

四日前にライバルの磐田にホームで敗れたアルビは、その結果、Ｊ１昇格圏の二位以内に入ることが不可能になった。

もう無理だということは夏の終わりからわかっていた。だから今さら落ちこむつもりなどない。でも、何気なく点けたテレビのローカルニュースから、

「アルビレックス新潟は今季のＪ１昇格を逃しました」

なんてアナウンサーの声がふいに聞こえると――ニュースというのは事実を正確に伝えるものだ――やはり耳をふさぎたくなる。チャンネルを替えたくなる。小さなため息が漏れる。

週末、妻と娘と三人で長野の温泉に泊まった。

ひとり娘の橙子は、春から東京の私立大学に通っている。一浪はしたものの、

なんとか今年、無事に第一志望の大学に合格した。

おとといの金曜日、大学の授業が終わってから新幹線で帰ってきた彼女を新潟駅まで迎えに行ったのだが、夏以来久しぶりに会う娘が急に垢抜けていて驚いた。

「お父さんごめん、待った?」

「あ、いや」

肩まであったぱさぱさの茶色い髪はあごのあたりでばっさり切られ、つやつやの黒髪のショートカットに変わっていて、服もかつてはTシャツやトレーナーばかりで猫背が目立っていたのに、今回は上品な黒のニット。姿勢がよく見えるせいか、夏から数センチ背が伸びたような気さえした。

「これ、お土産。時間なくて東京駅でしか買えなかったけど」

娘が車に乗りこむと、デパートの一階のような、外国の免税店のような、微かに甘い香りが車の中に広がった。

「どうしたの?」

「いや、なんだこの匂い、と思って。お前の香水か」

「ちょっと、くんくんするのやめてよ、めっちゃキモいんだけど」

土曜日の朝、予定通りに家を出て、北陸道から上信越道に入り、橙子が選んだ長野の観光スポットをいくつかめぐって、予約した温泉宿にチェックインした。ネットの評判通り、宿は食事が豪華で風呂もよかった。

日曜日の今日は、宿を出たあと松本に向かい、三人で松本城をじっくり見学してから近くのそば屋で信州そばを食べ、昼過ぎに松本駅のロータリーで橙子を車から降ろした。

当初の予定では、午後、松本山雅とアルビの試合をサンプロアルウィンで三人で見るはずだったのだが、月曜は朝の一限から授業があり、今夜も夕方からサークルの集まりがあるというので、橙子だけ先に東京に帰すことにしたのだ。

「じゃあアルビの試合、夫婦で楽しんできてね」

橙子はにこにこと手を振り、ひとり駅の雑踏の中に消えていく。

上京から半年経って、娘は東京での生活にだいぶ慣れたようだ。授業にサークルにバイトにと毎日忙しいらしい。妻はときどき部屋を訪ねて暮らしぶりをチェックしているようだが、あれこれと報告されても、東京暮らしもひとり暮らしも経験したことのない俺にはいまひとつぴんとこない。

急に見た目ががらっと変わったのは、好きな男でもできたのだろうか。

おそらくそうに違いない。しかし、だからといってどうということもない。楽しくやっているならそれでいい。たまに実家に帰ってきて元気な顔を見せてくれれば、俺はとりあえず安心できる。きっと妻もそうだろう。

「スタメン、出てるわ」

サイドミラーで橙子の姿が小さくなっていくのを見ていると、横で妻の洋子が言った。

「トップは?」

「小見ちゃんがスタメンだって」

スマホに目を近づけたり離したりしている。また老眼が進んだのだろうか。

「磐田戦は鈴木孝司だったけど、今日は谷口ね」

「そうか。まあ、前の試合から中三日しかないしな」

「昇格を逃した次の試合って、どんな気持ちでやるのかしらね」

「どうかな。俺らみたいな気持ちなんじゃないか」

軽い冗談を返したつもりだったのだが、妻は黙った。そうね、なるほどね、と納得しているのか、面白いこと言うわね、と笑っているのか、それとも腹を立てているのか、はかりかねた俺は、それを確かめるのが煩わしくて、左右を確認してウインカーを出し、ゆっくりアクセルを踏みこんだ。

この一泊二日の長野旅行は、橙子の二十歳の誕生祝いでもあった。

「二十歳のお祝い、何がいい?」

夏に帰省したとき娘にそう訊ねると、

「お祝いしてくれるならまた温泉行こうよ。私、いい宿探しておくから!」

彼女はそう言って、今回の宿を自分で探して予約した。

「十一月にね、松本山雅戦があるんだよ、だから長野のここにしよう」

かなり予算オーバーの高級宿で腰が引けたが、まあいい。ひとり娘の二十歳の記念だ。ケチろうとは思わない。

橙子がまだ浪人生だった去年の秋、受験勉強の気分転換にと、彼女の発案で福島の温泉に三人で泊まったことがあった。

そのとき、福島からわざわざ水戸まで足をのばして水戸ホーリーホックのホームスタジアムでアルビの試合を見た。

「久しぶりにアウェイ戦見たけど、面白いな」

「でしょ、また今度行こうよ！」

それ以来、我が家の家族旅行は、温泉とアルビのアウェイ戦がセットで組まれるようになった。

今年のゴールデンウィークは水上温泉に一泊して大宮のＮＡＣＫ５スタジアムに行ったし、夏休みはわざわざ飛行機で関西まで行き、東京から新幹線でやって来た橙子と合流して嵐山温泉に泊まり、京都のサンガスタジアムに行った。

「私が去年、水戸戦に誘ったおかげで、お父さんとお母さんはまたアルビを楽しめるようになったんだからね」

橙子は毎回、恩着せがましくそんなことを言う。

確かにあの水戸戦以来、俺も妻もまたアルビの試合を見るようになった。娘はそれを機に冷えきった両親の仲が再び持ち直したと信じ、それをみんな自分の手柄だと得意になっている。

しかし、である。サッカーを一緒に見たくらいでは夫婦仲はよくならない。

アルビが勝とうが負けようが、夫婦間の根本的な問題は何ひとつ解決しないのだから当たり前である。

「橙子が大学に合格して、東京でひとり暮らしをはじめたら――」

一度結論を出してからしばらく棚上げになっていた離婚協議は、橙子が大学に合格して家を出てからまた少しずつ進み、今も互いの弁護士を挟んで話し合いを重ねている。

同年代の友人に酒の席でその話をすると、もう還暦が近いのだから今さら離婚なんてしなくていいじゃないかと言う者のほうが多い。これから年老いて身体の自由がきかなくなったり病気になったりすれば、互いに介護が必要になることもあるだろう、そのときにひとりきりでは大変だと。

でも俺はそんな場面を想像するたびに、たとえ親の介護はしても、妻の介護なんて絶対にしたくないと思ってしまう。こいつから介護をされるのもまっぴらごめんだ、こいつの世話になどなるものか。もっと言えば、俺のほうが先に死んでこいつに看取られるのは嫌だ。こいつに葬式を出してもらうくらいなら、葬式は絶対にしてくれるなと遺言を書き残しておきたいとすら思う。

妻にしても同じようなものだろう。

俺たち夫婦はもう、そういう段階まできてしまっている。

お互い五十代の半ば。平均寿命から引き算をすれば人生はまだ三十年もある。

娘が二十歳になった。子育ては終わった。家のローンもとっくに完済した。やるべきことはちゃんとやってきた。もういいじゃないか。

橙子には、年が明け、成人式で帰ってきたらきちんと話をするつもりだ。

橙子はかなしむだろう。信じられない、悔しい、その表情が目に浮かぶ。

でも両親が夫婦ではなくなっても、彼女の父親であること、母親であることに変わりはない。俺も洋子も、親権を奪い合うような真似だけはしたくなかった。

だから娘が二十歳になるまで待った。

橙子のことに関しては、どちらも同じ思いだ。


松本の空はよく晴れていて、穏やかな日差しが心地よかった。

「もうすぐキックオフなのに、なんだか眠くなってきちゃった」

洋子が隣で大きなあくびをする。

「温泉、入りすぎなんだよ」

「だってせっかく来たんだもん。いいお風呂だったし。もったいないじゃない」

「それにしたって朝風呂に二度も入らなくていいだろう」

「だって上がってきたらちょうど橙子が起きてきて、お母さんお風呂に行こうって誘ってくれたんだもん。娘とお風呂でゆっくり話すのなんて、あと何回あるんだか、って思ったらさ」

「俺の場合は風呂で娘と話すなんて、小学校の低学年以来二度とないぞ」

洋子がぶっと吹き出す。

「そりゃそうよ、当たり前じゃないの。もう一生ないわよ」

あはははと高い声で笑う。知り合ったばかりの頃、俺は洋子のこういう素直な笑い方が好きだった。感情をちゃんとおもてに出すところが、笑うと目尻に深いしわが寄って、目が三日月みたいに細くなるところが。かつてはそれを可愛らしいと、愛らしいと思っていた。

もう終わりにしようと覚悟を決めると、どうして心というのは、それを引き留めたくなるようなことに意識を向けるのだろう。

松本山雅はリーグ最下位に低迷している。つまり彼らにとってシーズン終盤のこの時期は、どの試合もJ2残留のかかる大一番なのだった。

試合開始早々、その松本山雅に先制点を許したとき、そりゃあそうだよな、と俺は思った。目標を失ったチームと死に物狂いのチームでは、たとえ戦力に差があったとしても、結果はその通りにならないことが多い。昇格を逃したとはいえ依然上位にいるアルビだが、今日は意外なほどあっさり負けるかもしれない。

前半終了のホイッスルを聞いてふと横を向くと、ひとつ離れた席で洋子がゆらゆらと船を漕いでいた。

まだ若いとき、橙子が生まれる前は、こんなふうに全国各地、一緒にアウェイの試合をよく見に行った。ふたりともアルビの熱心なサポーターだった。

揃いのTシャツを着て、オレンジのマフラーを巻いて、いつも肩を寄せ合って応援した。オレンジのステッカーを貼ったフォルクスワーゲンを走らせ、いろんな町を訪ねた。新婚旅行は北海道――目当ては室蘭での札幌戦だった。試合は負けてしまったが、いい思い出だ。

洋子はよく笑い、歌い、怒り、そしてときどき泣いた。でも一度として、洋子が試合を見ながら居眠りしたことはなかった。結婚をしてから子どもができるまでのあいだのわずか二年か三年のことだったが、今になって振り返ると、永遠みたいに長い時間だったような気がする。

あの頃は楽しかったよな。

妻のだらしない寝顔に、俺は心の中で話しかける。

橙子が生まれた年、我が家の生活は一変した。妻は産後、体調を崩し、俺は不景気のあおりをもろに受けて会社からリストラされ、ふたりともサッカーの応援どころではなくなった。そして夫婦の暮らしからアルビは追い出された。

後半から出場した今季途中加入の高澤優也が松本山雅のゴールに同点弾を突き刺したとき、ようやく洋子が目を覚ました。

「あ、やだ、私寝ちゃってた」

「今、同点だよ」

「誰のゴール?」

「髙澤」

「髙澤くん、もしかしてアルビに来て初ゴールじゃない？ よかったわね」

「うん、よかったよな」

「でもせっかくなら昇格争いをしているときに決めたかったわよね。今、どんな気持ちなのかしら」

「知らないよ、そんなの。やっぱり俺たちみたいな気持ちなんじゃないか」

「また言ってる」

今度は小さく笑い、洋子はスタジアムの時計を見ながらつぶやいた。

「このまま引き分けかな」

引き分けかな——その言葉は俺の耳の奥で、夫婦の関係を的確に言い表しているように響く。

「ねえ」

「なんだ」

「私は忘れないわよ。それに、これからもアルビのことは応援してる」

「俺もだよ」

「もしいつかまたＪ１に昇格したらさ」

いいこと思いついたのよね——と話を切り出すときのいつもの調子で、洋子が目を細めた。

「どっかで会って、乾杯でもしよっか」

「ふたりでか？」

「ふたりでもいいし、橙子が一緒でもいいし。ちょっといいレストランで」

「そうだな」

「悪くないでしょ」

「うん、そのときは美味しいお酒が飲める気がするよ」

「私も」

そんな話をしながら、俺たちは試合終了の笛を聞いた。

センターサークルに整列しスタンドに挨拶する選手たちに拍手を送る。

俺がアルビの試合を見るのは、今年はもうこれが最後だろう。選手のみんな、今シーズンは少し夢を見せてもらったよ。頑張ってくれてありがとう。

そして、思う。

うん、頑張ったよ。俺たちもきっと、よく頑張った。
ただの引き分けの消化試合なのに、鼻の奥がなんだかつんとする。

勝っても負けても

2021.11.13

HER PRECIOUS TIME

The 39th section of the J. League Division 2
Albirex Niigata 2-0 Ehime FC

「それでは、今シーズンもお疲れさまでした！」

女四人、早い時間から営業している新潟駅前の安居酒屋で今年もグラスをぶつけ合った。

毎年、ホーム最終戦のひとつ前にビッグスワンで開催されるゲームのあとは、朱美さん、幸子さん、ナナ、そして私の四人で駅前に飲みに行くと決めている。

この日だけはそれぞれマイカーではなく電車やバスを利用してスタンドまでやって来て、試合終了後、寒くなったわねー、寒くなりましたねー、なんて言い合いながら一緒にシャトルバス乗り場まで歩く。

去年はコロナ禍ということでさすがに自粛したけれど、今年はまあ大丈夫だろうということで、二年ぶりの乾杯だ。私とナナの若者ふたりはキンキンに冷えた生ビールで、対面に座る年配のふたりは梅酒お湯割りと烏龍茶で。

「あれ？朱美さん、今年はいつものオレンジサワーじゃないんですか？」

「もう年だから。急にアルコール弱くなっちゃって」

「しかしあれよね。春はすごかった。ビックリしちゃった」

朱美さんの隣の幸子さんが、お通しの塩キャベツをつまみながらしみじみとした口調で切り出した。

「ですよね。開幕から十三試合負けなしですよ。私、これ、絶対昇格できると思いました」

「あたしさあ、アルビが昇格したら、お祝いに彼氏にクルマ買い替えてもらう約束してたんて。夢見ちゃったよねー、まじで。なのにさあ」

ナナが早くもジョッキの残りを半分にして、悔しそうにテーブルをばしばし叩く。すると朱美さんと幸子さんは、ふふふと目尻に皺を寄せ、孫を相手にするような顔で言った。

「こんなもんよ。J２はそんなに甘くないの」

「そうそう、本当に期待していいのは夏が終わってから」

「楽しかったからいいじゃないの」

「そうそう、盛り上がったものね」

「これだよ。そもそもサポーターが本気で昇格できると思ってないんだもん。応援する側がこんなんだからダメなんだよ」

「はいはい、すみませんでした」

「まじで終わってるよ、この人たち」

あと数年で古希を迎える人生の大先輩に対して、ナナは容赦ない。

「でもいいじゃないの、今日は愛媛に勝ったんだし」

「そうそう、いいじゃないの」

ねえ、と年配のふたりは顔を見合わせる。

「聞いた？　この人たち消化試合に勝って喜んでんだけど」

「試合は試合よ」

「来年も無理だな、こりゃ」

ナナが吐き捨てるように言って、残りの生ビールを一気に飲み干した。

朱美さんと幸子さん。

私がこのふたりと知り合ったのは、筋金入りのアルビサポである幼なじみのナナに誘われてビッグスワンに通いはじめた、八年ほど前のことだ。

試合が終わったあとで近くの席の先輩サポさんたちと一緒にゴミ拾いをしていたら声をかけられ、互いに女ふたり組ということもあって自然と仲良くなった。

スタンドでの朱美さんと幸子さんは終始にこやかで、いつだって平和主義。まるでピクニックに来ているような雰囲気のふたりである。ナナのように唇を突き出し親指を地面に向けてブーイングをすることなど絶対にない。アルビに不利な審判のジャッジにも、相手のラフプレーにも寛容だ。

そして試合に勝っても、負けても、満足そうにスタンドをあとにする。

「勝ち負けじゃないのよね」

「そうそう、勝っても負けても、正直どっちでもいいの。私たちはアルビを応援したいだけだもの」

それがふたりの口癖だ。

「やだねー、年をとるって。勝っても負けても同じだったらそもそも応援する意味ないじゃん。Jリーグは小学校の運動会じゃないから。アルビはてめーらの孫じゃねっつの」

乱暴な言葉でナナが喧嘩をふっかけても、ふたりは、あははは、と楽しそうに笑顔を返すだけでまったく意に介さない。

私もはじめはナナと同じ気持ちだった。ときには怒ったり、悔しがったりしなくちゃ、応援することにならないんじゃないかと思っていた。でも最近、サポーターとしての年数を重ねて、だんだん、ふたりの気持ちが少しは理解できるようになってもいる。


「ところでおふたりは来年のシーパス、もう申し込みました?」

私が訊ねると、朱美さんは幸子さんのほうをちらりと見てから、それがまだなのよね、と首を傾げた。

「え、まさかエリアを変えるとか?」

「ううん、そういうわけじゃないんだけど、ちょっとね」

「えーっ、金がないとは言わせないよ。ふたりとも年金がっぽりもらってんでしょ。朱美さん、旦那さんの遺産もあるじゃん。さっさと使わないと、使いきらないうちに死んじゃうよ」

「ちょっと、その言い方っ」

私が肘で小突くと、さすがのナナも言い過ぎたと思ったのか、悪びれるように
ぺろっと舌を出し、

「てかさ、みんなで来年の補強プランを考えようよ」と話題を変えた。

「補強プラン？」

「そう、まずフォワードから！」

「いいよ、そういうのやんなくて」

「やっぱさ、フィジカルやばい系の外国人選手、ひとり必要じゃない？ めっちゃ
ムキムキか、めっちゃ足速いやつ。フッキとかエムボマみたいな」

「なんか、よくいますよね。クラブ関係者でもないのにこういうこと考えるの
が好きな人って」私が呆れた声で言うと、

「いるいる。私の旦那まさにこういうタイプよ」と幸子さんが頷いた。

「え、え、ちょっと何言ってんの。サポーターが本気で考えないでいったい誰
が考えんの？ あ、ごめん、あたしおしっこ漏れそう。ちょっと行ってくる」

「ちょっともう、ナナ、マイペースすぎるよ」

ムードメーカーのナナが席を立つと、テーブルは途端に静かになる。

「あの、ところでさっきの話ですけど、シーパスまだ買わないんですか?」

私が話を戻すと、今度は幸子さんが朱美さんをちらりと見て首を傾げた。どうやらふたりのあいだに何か隠しごとのようなものがあるらしい。

私が勘づいたことに気づいたのか、朱美さんは烏龍茶をひとくち啜ってから、実はね、と切り出した。

「見つかっちゃったのよ」

「見つかった?」

「そう。こないだの定期検査で」


朱美さんがビッグスワンに通いはじめたのは、アルビがJ1に昇格した最初のシーズン、二〇〇四年だった。はじめはサッカーのルールどころか、フィールドプレーヤーが手を使ってはいけないことすら知らないずぶの素人で、オフサイドを理解するのに三年もかかったらしい。

サポーターになった理由は、当時所属していた山口素弘が学生時代に好きだった同級生に似ていたから。ただそれだけ。でも人がクラブを好きになる入り口なんて、きっとそんなものだ。

朱美さんはそれからというもの、趣味のパッチワーク教室の友達である幸子さんを誘って、ずっとNスタンドに通い続けている。サポーター歴は今年で十八年目の大ベテランだ。

それだけ長い時間があれば、アルビにいろいろあったように、朱美さんの人生にもいろいろあった。娘さんが結婚して家を出て、可愛いお孫さんが生まれた。旦那さんが会社を定年退職したのが七年前。退職金をたっぷりもらって、夫婦ふたりきりの悠々自適の生活がはじまった矢先、その旦那さんが不運な交通事故で亡くなってしまった。

今、朱美さんは実家の両親の介護をしながら、白根にある自宅でひとりで生活をしている。

以前、アルビのJ2降格が決まった年の飲み会で、幸子さんから、

「あんた、来年どうする？　J2でも応援する？」

と聞かれたとき、朱美さんはこう答えた。

「私はね、アルビが生きがいなの。だから別にいいのよ、勝っても負けても。クラブがある限り私は応援するわ。それがなくなったら、さびしいもの」

ナナも私も、そのときはチームの不甲斐なさに腹を立て、もうサポーターをやめてやると息巻いていたのだけれど、結局、朱美さんのそのひとことでアルビを捨てるのを思いとどまった。

朱美さんはいつも、オレンジ色の軽自動車を運転してビッグスワンにやってくる。手編みのマフラーもオレンジで、自宅の冷蔵庫までオレンジ色なのだそうだ。この飲み会で乾杯するときは生搾りオレンジサワーと決まっている。そして毎年、お酒が入ると同じことを言う。

「私がサポーターになったのは、アルビがＪ１に昇格してからでしょう。みんなで勝って、昇格して、優勝して、そんなふうに喜んだ経験ってまだないのよ。だから生きているうちに一度は味わってみたいわ」

ナナがトイレから戻るまでの短い時間で、朱美さんは自分の身に起こっていることを、落ち着いた声で淡々と、順序立てて話してくれた。

「実は前もね、一度検査で見つかってるの。でもそのときは手術で取りきれたのよ。しばらく様子を見て、転移がなければもう安心していいでしょうって言われてたんだけど……」

シーズンパスを買っても、来年、毎試合ビッグスワンに通えるかどうかわからない。たぶん難しい。これからいろいろ考えなくちゃいけないの、と。

朱美さんが話しているあいだ、隣の幸子さんはずっと俯いたまま、キャベツをつまんで梅酒のグラスに口をつけていた。つらいのは幸子さんも同じだ。朱美さんは幸子さんにとって、たったひとりの親友なのだから。

「あの子には内緒にしておいてね。ほんと、うるさいから」

朱美さんが笑いながらそう言って後ろを振り向くと、タイミングを見計らったかのようにナナが席に戻ってきた。

「よーし、補強プランの続き! あたし、トイレで思いついたんて」

「また言ってる」

「せっかく考えたんだから聞いてよ、冷たいなあ。まずボランチに――」

「もうその話はいいから」

私が遮ろうとすると、

「うん、考えよう」

幸子さんが珍しく、身を乗り出して力強い声で言い、

「今までずっと黙っていたけど、今日は言わせてもらおうかしら」

とセーターの袖をまくった。その目は少し充血して見える。

「おおっ、いいね！ それでこそサポーターっしょ！ 見直した！ よし飲もう！ すいませーん、生ひとつと、梅酒これと同じの！」

ふたりのその様子を、朱美さんがいつも通りの穏やかな笑顔で見つめている。

近づいてきた店員さんに、あたたかいお茶っていただけるのかしら、と優しく訊ねる。

朱美さんと喜びを分かちあうには、もしかしたらもう、あまり時間がないのかもしれない。

アルビが優勝するところを、朱美さんと一緒に見たい。

アルビがＪ１で戦うところを、朱美さんにもう一度見せてあげたい。

そのためには勝つしかない。勝ち続けてもらうしかない。

勝っても負けてもどっちでもいいなんて言っていられない。

「よし、私も考える！」

前のめりになると、まるで試合前の円陣を組むような四人である。

第二巻　あとがき

第二巻です。アルビレックス新潟のJ1昇格の勢いにちゃっかりのって、またこうして新しい『サムシングオレンジ』が誕生することになりました。コンプリート・エディションという名の完全版で第二巻・第三巻が同時発売、前作の第一巻も復刻新装版として、ほんの少し時期をずらしてのリリースとなります。新潟日報社さん、ありがとうございます！

この第二巻は、二〇二一年のシーズンにサポーターズマガジン『ラランジャ・アズール』誌上で連載したものを中心に、未発表の書き下ろしも含めて時系列の並びで構成しています。ビッグスワンのイラストが表紙カバーの前作を読まれた方は、（おや？三つの話が重複ではないか）とお気づきかと思いますが、シリーズの構成上、どうかその点はご容赦いただきたく……（かたいことを仰らず、どうかもう一度読んでやってください）。

本が売れないといわれるこの時代に、こうして手にとれるかたちで作品をストックできることは、本当にありがたいことです。サッカー小説、それもプレーする側ではなく、観客が主人公の小説というのはあまりなく、だからこそ、このシリーズはただ流れゆくコンテンツのひとつとしてではなく、きちんと本にまとめてこの世界に存在させたいと、連載中から強く思っていました。今回、このシリーズを担当してくださった新潟日報社の山田大史さんと、前作に引き続き、原稿に適切なアドバイスをくださった『ラランジャ・アズール』編集長の野本桂子さんに、この場を借りて心からの感謝を申し上げます。

さて、同じくこの場を借りてもうひとつ、どうしてもお伝えしたいことがあります。前作『サムシングオレンジ THE ORANGE TOWN STORIES』が去年の春、ありがたいことに「サッカー本大賞二〇二二」の優秀作品に選出され、読者賞を受賞しました。この読者賞というのは、大賞とは別に一般投票によって選出されるもので、つまりこの受賞は一〇〇%、応援してくれた皆さんの力によるものです。

今だから言えますが、この小説、連載中はとても不安でした。もしかしたらサポーターの皆さんに受け入れてもらえないのではないか。こういう小説があってもいいと思っているのは自分だけなのではないか。そもそも読みものとしてちゃんと成立しているのか。だから受賞の知らせを受けたとき、ようやく「大丈夫だよ」と言っていただけたような気がして、嬉しさよりも正直、安堵の気持ちのほうが強かった。ほっ。この賞は応援してくれたサポーターの皆さんと一緒にいただいた賞、いや、サポーターの皆さんが受賞した賞だと思っています。本当にありがとうございました。

ところでこの第二巻で描いた二〇二一年シーズンは、僕にとっては、ちゃんと一年間を通してじっくりアルビを見た、応援した、最初の年でもあります。ひとつのクラブチームを追いかける醍醐味を、良くも悪くも、濃く味わった一年でした。期待と喜びの春、焦燥と苛立ちの夏、そして落胆と諦めの秋。気持ちがどんどん盛り上がっていく前半戦（十三試合負けなしで首位快走！）と、だんだんテンションが下がっていく後半戦（結局、六位でフィニッシュ……）。そのアップダウンもそのまま、この本に並ぶ十三篇の流れの中で追体験していただけるのではないかと思います。

ちなみに、本巻収録の「最後のアウェイ旅」は第一巻「秘密のアウェイ旅」の、同じく「彼女の車」は第一巻「残留エレジー」の、それぞれアナザーストーリー的な作品となっています。コンプリート・エディションらしく、そういった仕掛けもご用意していますので、ぜひコレクションしていただけると幸いです。カバーをかけた状態で本棚に並べると、その一角がいい感じのアルビカラーの配色になる、はずです（たぶんね）。

最後になりますが、改めて。自分の暮らす町にプロサッカーチームが存在することは、とても幸運なことです。アルビというチームがこの町になければ、この本は、このシリーズは、生まれていません。

「アルビレックス新潟」のクラブ関係者の皆様、所属選手の皆様、アルビを愛するサポーターの皆様に、最大限の敬意を表します。

令和五年二月　　藤田雅史

アルビレックス新潟
明治安田生命J2リーグ2021
6位　勝点68（18勝14分10敗）

サムシングオレンジ2
初出一覧

サンセットカラー	書き下ろし
彼女の車	書き下ろし
オレンジ・ウェディング	『LARANJA AZUL』Vol.51
ゴールラッシュでさようなら	『LARANJA AZUL』Vol.52
また、君と秋にここで	『LARANJA AZUL』Vol.53
婚活川中島ダービー	『LARANJA AZUL』Vol.54（「紗衣子の婚活」改題）
ドローの夜に	『LARANJA AZUL』Vol.55
恋はアルビで回っている	『LARANJA AZUL』Vol.56
ここからの歌	『LARANJA AZUL』Vol.57
こじれたシーパス	『LARANJA AZUL』Vol.58
花火散る	『LARANJA AZUL』Vol.59
最後のアウェイ旅	書き下ろし
勝っても負けても	『LARANJA AZUL』Vol.60

単行本化にあたり加筆修正をいたしました。

藤田雅史　ふじた・まさし

1980年新潟県生まれ。日本大学藝術学部映画学科卒。

著書に『ラストメッセージ』『サムシングオレンジ』『ちょっと本屋に行ってくる。』『グレーの空と虹の塔 小説 新潟美少女図鑑』。小説、エッセイ、戯曲、ラジオドラマなどを執筆。2022年、『サムシングオレンジ THE ORANGE TOWN STORIES』がサッカー本大賞2022優秀作品に選出され、読者賞を受賞。

Web：http://025stories.com

2
サムシングオレンジ

サムシングオレンジ COMPLETE EDITION 2：恋する 2021

2023（令和5）年3月1日　初版第1刷発行

著者　藤田雅史

編集協力　野本桂子

発行人　小林真一

発行　株式会社新潟日報社 読者局 出版企画部
〒950-8535 新潟市中央区万代3丁目1番1号
TEL 025(385)7477　FAX 025(385)7446

発売　株式会社新潟日報メディアネット（出版部）
〒950-1125 新潟市西区流通3丁目1番1号
TEL 025(383)8020　FAX 025(383)8028

印刷製本　昭栄印刷株式会社

ISBN978-4-86132-820-6